スパイ教室05

《愚人》のエルナ

竹町

ファンタジア文庫

3084

口絵・本文イラスト　トマリ
銃器設定協力　アサウラ

SPY ROOM
the room is a specialized institution of mission impossible
code name gujin

CONTENTS

プロローグ　龍沖《ロンチョン》

――龍沖。

それは「極東」と呼ばれる地にある小国だ。

ムザイア合衆国、ライラット王国を始めとする西央諸国に比べ、「極東」は発展が遅れた未開の地だった。中世時代に「極東」で繁栄を極めた龍華民国《りゅうかみんこく》も、近代化した西央諸国の軍隊にはなす術《すべ》がなく、「極東」は一部の地域を除き、その大半は既に西央諸国の支配下にあった。

龍華民国に隣接する龍沖も、侵略を受けた国の一つ。

現在は、フェンド連邦の植民地だった。

フェンド連邦は極東支配を進める拠点とするため、小さな半島に、大金と技術を送り込み、一気に都市を近代化させた。大学や銀行を作り上げ、西央式の哲学を導入した教育現場で国民に資本主義を叩《たた》きこんだ。

結果、龍沖は西央式文化と龍華文化が混ざる、奇怪な地となる。

西と東を繋《つな》ぐ拠点――それが龍沖だ。

フェンド連邦の人間はもちろん、東方侵略を進めたい西央諸国の人々や植民地支配されている極東の人間たちも龍沖に集う。支配を進めたい者、先進国の制度を学びたい者、支配を打ち破りたい者、様々な思惑を持つ者が惹《ひ》かれ合うように訪れる。

政治家、記者、学者、商売人、亡命者、軍人、革命家、挙げていけばキリがない。

そして、そこには各国から送り込まれるスパイの影もあった。

◇◇◇

龍沖の真髄は、夜にあると言われている。

龍沖は、大きく二つの地区で成り立つ。大陸側の本土と、海を挟んだ龍沖島。

栄えているのは龍沖島のベイエリアだ。

「グレート・ハーバー」と呼ばれる港付近には高層ビルが林立し、静かな海に光を落としている。そのビルの下では、赤と黄色の提灯《ちょうちん》で彩《いろど》られた龍華レストランが連なっている。

店では労働者がひしめき小籠包《ショウロンポウ》や雲呑《ワンタン》麺と共に紹興酒を呷《あお》り、一日の疲れを癒《いや》す。

西央のビジネスマンが集うレストランでは、ある男が烏龍茶《ウーロンちゃ》を飲んでいた。

美しい男性である。まるで女性と見まがうほどに整った顔つきだ。その壮麗な顔を隠すように髪を伸ばし、街に溶け込んでいた。赤色の提灯の下、涼し気な顔で湯呑《ゆのみ》を握る姿は、龍沖でビジネスをこなす青年にしか見えない。

ディン共和国のスパイ――『燎火《かがりび》』のクラウスだ。

彼は一人、夕食の煮豚を食べ終えたばかりだった。

その背後の席には、クラウスとは背中合わせに、ラフなシャツを纏《まと》った女性が座っていた。

「トルファ経済会議から三か月、各国の成果が見えてきたよう」

彼女はフェンド連邦産のウイスキーを嗜《たしな》んでいる。

黄色や桃色で染めた奇抜な髪に、顔には分厚いアイシャドウが塗られた女性だ。

コードネーム『海鳴《うみなり》』――ディン共和国の諜報《ちょうほう》機関のメッセンジャーだった。本国から離れて活動するスパイに直接機密情報を受け渡す役目を担《にな》っている。

彼女は、カットグラスで口元を隠しながら、小声で語り始めた。

「大勢は予想通りさ。燎火くん」

しゃがれた海鳴の声。酒焼けらしい。

「なにが？」とクラウスは聞き返した。

「トルファ経済会議にイレギュラーはなかった。ある一点を除いてね」

二人は互いに背中を向け合ったまま、言葉を交わす。

クラウスは「そうか」と呟《つぶや》いた。

二人が語っているのは、ムザイア合衆国で行われた国際会議に、『蛇《へび》』との決戦だ。

世界一の経済大国・ムザイア合衆国で行われた国際会議に、『蛇』が潜伏しているとの情報を掴《つか》み、クラウスは部下を率いて臨んだ。その激闘の末、『蛇』の一員の捕縛に成功したが、国際会議で暗躍する『蛇』をほとんど自由にさせてしまった。

――トルファ経済会議の後、『蛇』により世界の情勢が変わるのではないか。

そんな懸念《けねん》があったのだが、目立った動きはないらしい。

海鳴は薄く微笑《ほほえ》んだ。

「会議自体は大きなサプライズもなく、トルファ大陸を連合国で美味《おい》しくいただく調整で終始した。とにかく普通だ。やれやれ、先輩は肩透かしだよぅ」

海鳴はなぜか自身のことを「先輩」と呼ぶ。

クラウスと彼女の付き合いは最近で、その素性をいまいち把握していない。

「スパイらしいねぇ」

海鳴はほくそ笑む。

「水面下でうまくやってる。ほんと、キモイ。『蛇』って奴《やつ》ら」

「結局、『蛇』の狙いは不明のままか」

クラウスはつい苛《いら》立《だ》ちを滲《にじ》ませていた。

彼にとって『蛇』は仇敵《きゅうてき》に他ならない。家族のように愛した『焔《ほむら》』は、『蛇』により壊滅したのだ。

「分析は進んでいるか？」クラウスが尋ねる。「僕がＪＪＪから引き出したデータだ」

「それは、もう少し時間がかかるねぇ」

海鳴は肩をすくめた。

「ＪＪＪだって全て正直に情報を渡したとは思わないよ。もちろんキミを欺くような真似《まね》をしないはずだけどね。ただ、精査は必要だ」

「わかった。それで？」

「ん」

「イレギュラーとはなんだ？　一つだけあるんだろう？」

「うん。でも、それは燎火くんもよく知っていることさぁ」

海鳴の声に陰りが生まれる。

「各国の諜報機関が深刻なダメージを負った――『紫蟻《むらさきあり》』の虐殺だ」

そうだな、とクラウスは肯定した。

『紫蟻』——ガルガド帝国のスパイであり、『蛇』のメンバーだ。

「先輩はドン引きしたよぅ」

海鳴はいつになく深刻な口調で告げる。

「あんなの諜報員の所業じゃない。たった一人で百人以上のスパイを殺戮《さつりく》するなんて。人海戦術のゴリ押しで、都市丸ごとを狩り場に変えた……あらゆる諜報機関が混乱状態だよ。優秀なスパイが次々と屠《ほふ》られたんだから」

それは『紫蟻』の仕業だった。

一般市民を加虐により支配し、暗殺者に改造する男。ミータリオに潜む諜報員を見つけ次第抹殺し、失敗すれば自殺するよう命じた悪魔のような存在。ミータリオの王。

『紫蟻』により国籍問わず、多くの諜報員が殺された。

噂《うわさ》では、各国を代表するスパイが次々と非業《ひごう》の死を遂げたらしい。

クラウスにとっては母親のごとき女性、『紅炉《こうろ》』もまた命を落としたのだ。

「蹂躙《じゅうりん》、と表現するのが相応《ふさわ》しいね。アレが一人の人間によって起こされたと考えると、正直ゾッとする。普通にヤバすぎだね」

「………」

「とにかくこれで『蛇』はかなり動きやすくなるよぅ」

海鳴は語り続ける。

「『紫蟻』は十分な仕事を果たした。世界が混乱に陥り始めている。『蛇』が本格的な動きを見せるのは、すぐかもねぇ。そして、その時にはきっと手遅れさぁ」

「………」

「だから我々はキミに期待しているんだよ。世界最強のスパイ――燎火くん？」

自身の名を告げられ、クラウスは否定も謙遜もしなかった。

驕《おご》りではない。自負と使命感。最高の仲間に育てられた、スパイとしての誇りだ。

――『焔』がない今、祖国を守り抜くのは自分だ。

海鳴は立ち上がり、帰り支度を始めた。

「上からの伝言」

去り際、キツイ香水の匂いを漂わせ、彼女は告げてくる。

「『蛇』の潜伏先はすぐに掴む。もう少し待って、それまでは別任務をよろしく」

「あぁ。できるだけすぐに片付けるよ」

「先輩からも頼むよ、お願いねぇ。今ディン共和国はキミだけが頼りなんだ。そして、もう一つの役割も忘れずにね？」

「役割？」

「こっちも急ぎかなぁ。多くのスパイが『紫蟻』に屠られて、世界中の諜報機関が人材難だ。結果、新人を前線に注《つ》ぎ込んでいる。それこそ勢力図を一変させるほどにね」

「………………」

「――若い時代が来るよ。これからは」

海鳴はいくつかの情報を添えて、去っていった。

取り残されたクラウスは再び湯呑みに口をつけ、夜の海を眺めた。本土と龍沖島の狭間《はざま》の海は、いくつものフェリーが通り過ぎている。

もしかすればその船内には、自身の部下がいるかもしれない。

「若い時代か」とクラウスは呟いた。「それにアイツらが含まれるといいんだが」

1章　遭遇

盗聴器から怪しげな会話が聞こえている。
《……そうです、とにかく武器を購入させてください。サブマシンガンを最低、千丁》
《はい、大丈夫です。とびっきり上等のものを仕入れておりますよ》
《よかった……助かります！　これで本国でクーデターを起こせますよ》
《支援しますよ。我々はアナタ方の革命を全面的にバックアップしますよ》
《あぁ、ありがとうございます！　これで軟弱な政権とはおさらば。祖国のための聖戦を始められる！　あぁ、龍沖《ロンチョン》に来てよかった！　なんて幸せなんだ！》
龍沖の個室レストランで行われた密談だった。
ライラット王国の植民地となっている小国の革命家が、龍沖の地で武器を買い漁《あさ》ろうとしている。政権を奪取し、先進国の支配から脱却するためだ。そして、その志をガルガド帝国の武器商人が支援しているという構図だった。
盗聴器からは二人の楽し気な声が漏れてくる。

このままならば問題なく、商談が終わりそうだったが――。

「ふっ、残念でしたね！　叶《かな》うはずもないクーデターを支援し、他国を混乱に陥《おとしい》れる卑劣なスパイ――お天道様《てんとさま》が許しても、このわたしが見逃しません！」

盗聴器の前には、誇らしげな笑みを見せる少女。

ふわりと広がる銀髪、まるで子どものような愛らしい顔、大きく膨らんだ胸。手を腰に当てて堂々とした仁王立ちをしている。纏うのは、真っ赤な龍華《りゅうか》ドレス。身体《からだ》にピッタリ張り付き、太ももにはスリットが入った、龍沖の伝統的な装《よそお》いだ。

彼女は高らかに言った。

「ウェイトレスに擬態中の華麗な天才美少女スパイ、リリィちゃんです！」

ディン共和国のスパイ、『花園《はなぞの》』のリリィである。

彼女はレストランの物置で、指をビシッと天井へ向けた。

「ミータリオの激闘から三か月。晴れて一人前のスパイとなった我々は、世界中で活躍をし続け、飛躍的な成長を遂げました。もはや養成学校の落ちこぼれではない。そして、祖国から頼りにされる我々はこの龍沖の地で、更なる大暴れをするのです」

などと聞かれてもいないことをつらつら語り、

「へい！　アネットちゃん！」

と手を伸ばした。

「…………………………………………」

彼女の隣では、灰桃髪《はいももがみ》の少女が薄っぺらい笑顔のまま固まっている。

乱雑に縛り上げた髪と大きな眼帯、天使のような可愛《かわい》らしい、小さな容姿。『忘我《ほうが》』のアネットである。

「俺様、姉貴の演説になんの意味があるのか、気になりますっ！」

「気合いを入れるためです」

「俺様、意味ねぇな、と思いましたっ」

「でも、これがないとスパイって地味なので」

リリィが語り続けるが、アネットは会話を一方的に打ち切った。代わりにゴソゴソとスカートの中に手を突っ込み、小さな棒を取り出す。

「姉貴専用のスパイ道具、試作品68番です！」

それはステッキのような見た目の棒だった。

リリィはそれを手に取り、何度か振って感触を確かめる。曲芸をするように空中に放り

投げ、たっぷり回転させたあとでキャッチし再びポーズを決める。

「……とうとう完成しましたか。ミータリオ任務以降、ずっとアネットちゃんが作り続けてくれた、わたしの特製武器。これが龍沖のミッション初成功を導くわけですね」

「俺様、その語りになんの意味があるのか、気になりますっ！」

「気合い入れ、気合い入れ」

リリィはその武器を手に握り、大きく息を吸い込んだ。

「さぁ、アネットちゃん！　敵スパイの計略をぶっ潰しにいきますよ！」

十分すぎるほどの気合いを入れて、彼女たちは物置を飛び出した。

狙いは、武器の商談を進める個室だ。既に情報は集まっており、敵を泳がせる必要もない。一気に制圧し、帝国のスパイを捕らえることが目標だ。

リリィは「敵さん、お覚悟！」と任務の開始を宣言して――、

「姉貴、その試作品は強い振動が加わると爆発しますっ」

「ぎゃあああああああああああぁっ！」

――三秒後に失敗した。

◇◇◇

——世界は痛みに満ちている。

世界大戦と呼ばれる歴史上最大の戦争が終結して、十年。世界大戦の惨状を目の当《まあ》たりにした政治家は、軍事力ではなくスパイにより他国を制圧するよう政策の舵を取っていた。

国々は諜報《ちょうほう》機関に力を入れ、スパイによる影の戦争を繰り広げる。

『灯《ともしび》』は、ディン共和国を代表するスパイチームだ。

かつては養成学校の落ちこぼれだった少女たちだが、数々の訓練と国内の任務を経て、大きな成長を遂げた。ミータリオでの任務達成後には、ボスのクラウスから「養成学校卒業相当」と太鼓判を押されるほどであった。

当時、実力を認められた少女たちは歓喜に沸いた。

「このまま無敵のスパイ集団になりましょう！」と宣言するリリィ。

「「「「「「「おーぅ！」」」」」」」そして、大きな声で応える少女たち。

その後、彼女たちは浮かれた心地で任務に挑み続けた。ミータリオでの過酷なミッションを達成した今となっては、どんな無茶ぶりだろうと恐《こわ》くない。

「もはやいかなる任務も楽勝ですね！」とドヤ顔を続けるリリィ。

しかし三か月が経《た》ち、徐々にイメージとのギャップを思い知る。

つまり——現実はいつだって厳しい、と。

◇◇◇

龍沖島の丘の上に『灯』の拠点はあった。

ディン共和国の宝石会社の社長が所有する別荘である。温暖な龍沖の気候に合わせた、開放的な建物だ。各部屋に大きな葉の観葉植物が置かれ、リゾート気分に浸れる。二階のテラスからは、グレート・ハーバーのビル群を眺めることができた。

『灯』のボスであるクラウスは、その社長の親戚という肩書きで滞在し、様々な建前を用いて、部下の少女たちを別荘に引き入れている。世間的には女好きの道楽人という目で見られているが、仕方がないことだと諦めている。

その書斎で、クラウスは額を押さえていた。

「これで八回連続の失敗だな。またターゲットを取り逃がしたのか」

「はひ、申し訳はひません……！」「俺様、派手にミスりましたっ！」

クラウスの前で凹《へこ》んでいるのは、リリィとアネット。さきほどレストランで、まさかの自爆をした二人である。派手な爆発を起こした二人は自身の身分を隠すことに精一杯で、個室で密談をしていたターゲットを逃がしてしまった。

リリィは泣きべそをかき、アネットはおかしそうに笑っている。

もはや恒例の光景となっていた。

クラウスは眉をひそめ、手元の無線機を叩《たた》いた。

「そういえば、無線機から『晴れて一人前のスパイとなった我々は、世界中で活躍をし続け～』などと戯言《たわごと》が聞こえてきたんだが、アレはなんだ？」

「テンションをあげるための創作ですぅ……」

「実際は真逆のように思えるが？」

「恥ずかしいのでツッコまないでください……」

「……まぁ、とにかく怪我《けが》がなくて幸いだ。今日はゆっくり休め」

怒る気にもなれず、クラウスはできるだけ優しい言葉を選ぶ。リリィが「ありがとうございますううぅ」と声を発し、アネットと共に書斎から出ていった。

二人が去っていった部屋で、クラウスは息をついた。

そして隣に立つ少女に視線を送る。

「ティア、失敗のカバーはどうなっている？」

「大丈夫よ、もう済ませてあるわ」

返事をしたのは黒髪の少女、『夢語《ゆめがたり》』のティアだ。凹凸に富んだ魅力的なプロポーションと、艶《つや》やかな黒髪を伸ばした少女である。

彼女はクラウス同様別荘に滞在し、作戦指揮の補佐を担《にな》っていた。書斎の壁に貼られた龍沖の地図を示しながら、状況を報告する。

「モニカたちのコンビ、そしてグレーテを向かわせた。心配いらないわ」

「だが、彼女たちのフォローもこれで五回目だな」

「そうね、ストレスを抱えているかも。休めるよう、調整しておくわね」

「……まぁ、リリィたちが挑んでいたのは、今回の任務の本題じゃない。最悪別チームに任せればいい。無理はさせるなよ」

「ええ。深追いしすぎないよう、伝えておいたわ」

ティアは地図に立てたピンを刺し替えながら、てきぱきと答えていく。

（最近、ティアの成長が目覚ましいな）

クラウスは、その背後で頷《うなず》いた。

ミータリオの任務が始まる直前は、すっかり自信を失《な》くしているようだったが、今では

堂々と振る舞い、メンバーの配置を細かく調整している。

　この三か月間で彼女は飛躍的な成長を遂げた。

　クラウスの不在時、積極的に仲間へ指示を出し始めたのだ。特徴は、コミュニケーションの量だ。仲間と密な交流を交わし、本人の希望やメンタルに合わせて、仕事を割り振る。扱いにくい人材だらけの『灯』をうまく調整するのが、ティアの本領だ。

「張り切るのは当然よ」

　クラウスの視線に気づいたようにティアが笑った。

「これまで迷惑かけっぱなしだったもの。取り返さないといけないし、それに――」

「それに？」

　クラウスが尋ねると、ティアは微笑《ほほえ》んだ。

「もっと成長しなきゃ、アナタのパートナーではいられないでしょう？」

　パートナー――それはティアがクラウスに告げた、自身が目指す役割だった。まだ頼りない面もあるが、彼女はそれに近づきつつある。

　クラウスは自然と言葉を発していた。

「――極上だ」

　成長する部下の姿は、いつ見ても素晴らしいものだった。

しかし、その一方で大きな悩みもある。

（ティアは問題ないが、それ以外は………）

ミータリオの決戦の後、『灯』は世界各国で任務をこなすようになった。実を言えば、そろそろ問題ないだろう、とクラウスもまた楽観していた。成長した彼女たちならば、サポートは不要だろう、と。

それが過大評価とはすぐに悟った。

一言で表すならば、ボロボロだ。

リリィはミスばかりで、ジビアも作戦を覚えきれない失態を犯す。アネットは珍妙な発明品ばかり作り、エルナは肝心な時に転び、サラは仲間の危機にオロオロと怯《おび》えるばかり。頼れるモニカとグレーテの二人はサポートに追われ、その真価を発揮できない。

そして、クラウスもまた適切な指導ができないでいた。

元々指導が下手なのだ。『うまくやれ』『調子を合わせろ』と抽象的な言葉しか伝えられず、失敗した少女にまともなアドバイスも送れない。

結果、少女たちはミスを繰り返し、クラウスが強引にカバーする——それが毎回だ。

現状を顧みて、冷静に判断する。

（アイツらの成長が止まった、とみるべきだろうな）

従来の訓練を続けても、飛躍的な向上は見られない。これも仕方のない話か。たった一つの訓練を続けて、高みに上っていけるほど都合よくいくはずもない。

(……どうしたものか。以前のように僕一人で任務をこなすべきか……あるいは、なんとかなっている現状を鑑《かんが》み、様子見でも——)

ボスとしての判断が迫られていた。

任務には常に危険が付きまとう。怪我をさせる前に任務を取り上げるべきか。だが、致命的なミスでないのも事実だ。任務をこなす中で技術が習熟するのを待つか。

そう悩んだ時、頭に過《よぎ》る言葉があった。

——『なんとかなっている状況というのが一番危険じゃよ』

——『クラ坊は人の頼り方が下手よのぉ。下がりな、アタシの小間使いが妥当だわい』

声音こそ穏やかでありながら、厳しい声。

クラウスがかつて所属していた組織『焔《ほむら》』の一員だ。

ボスである『紅炉《こうろ》』ほど優しくもなく、師匠であるギードほど導かない。誰よりも厳しく、クラウスを叱咤《しった》し続けた存在——苛烈な老女『炮烙《ほうらく》』のゲルデ。

（停滞している時は、ゲル婆《ばあ》の言葉が効くな）

クラウスは、今は亡《な》きメンバーを思い出し、頭《かぶり》を振った。

（嫌な予感もする……やはり一度、任務の体制を見直すべきだな）

自然と答えは決まった。

一度、少女たちを休ませた方がよさそうだ。

「ティア、一旦他のメンバーを――」

クラウスが結論を出した時、ティアが先んじて「先生、ちょっといいかしら？」と尋ねてきた。

その声には焦《あせ》りが滲《にじ》んでいる。

「なんだ？」

「ちょっと様子を見てきてほしいのよ」ティアが不安そうに時計を見つめた。「もう約束の時間になっているけど、ジビアとエルナが戻ってこなくて……」

きっと問題が起きたのだろう。

「わかった」とクラウスは短く答え、腰をあげる。

うっすらとした寒気を感じ取る。スパイとしての直感が危機を告げていた。

◇◇◇

龍沖の大陸側では、紡績工場が栄えていた。

フェンド連邦製の蒸気タービンが巨大な敷地《しきち》内に並び、鈍い音を立てて稼働《かどう》している。

龍華文化圏の国々から安く買い叩かれた綿は、ここで布となり、西央諸国へ輸送されていくのだ。土地や人件費が安い紡績工場は、先進国にとっては「金の生《な》る木」である。

工場の中心には、管理棟のビルが建てられていた。工場全体のシステムを制御する八階建ての建物だ。工場すべてを見下ろすようにそびえ立っている。

そして現在、社員の姿は見えない。

本日が休日であることに加え、夕方からはワックス掛けが行われる予定なのだ。

休日出勤中の社員も、管理棟の外にいる。

当然、その八階にある社長室にも社員はいない。シルクの絨毯《じゅうたん》の上には虎や竜を模《かたど》った芸術品が並び、机に置かれた鉢では金魚が優雅に泳いでいる。この部屋は最新式のセキュリティが施されており、専用のカギがないと扉が開かない仕掛けだ。その堅牢《けんろう》な扉以外に入り口はなく、換気用の通気口さえ、三階の事務室で操作しない限り開かない。

しかし今、その社長室に二人の少女の姿があった。

彼女たちはゴソゴソと物探しに取り組んでいた。

「むぅ、この金魚鉢の底には見当たらないの」

袖を濡《ぬ》らしながら金魚鉢の底を探るのは、『愚人《ぐじん》』のエルナ。

精巧に作られた人形のような美しい肌の金髪の少女である。

「虎の木像にも見つからねぇ。どこにあんだよ、機密文書はよぉ」

それに答えるのは、『百鬼《ひゃっき》』のジビア。

獣のように引き締まった体軀《たいく》と、鋭い目つきの少女だ。

言わずもがな、任務中だ。

ディン共和国の大使館から、龍沖の植民地支配の調査報告書が外部に漏れ、その流出先を探っていた外交官が暗殺されるという事件があった。後任として派遣された『灯』は、その機密文書の在り処《あか》を突き止め、この工場管理棟に潜入したのである。

彼女たちは地道な下準備の末に、見事、社長室のセキュリティを突破した。

が、社長室のどこを探っても、肝心の文書が見当たらない。

ジビアが虎の木像を蹴り飛ばし、頭を抱えた。

「あああぁぁあ！　全然、見つかんねぇじゃねぇか！」

「のぉ！　金魚鉢を倒してしまったのぉ！」

「あ、驚かせて悪い……うわっ⁉　絨毯がびしょ濡れじゃねぇか！」

「き、金魚さんはどうしたら、いいの？」

「も、もう一個の水槽に移せ！　移せ！」

グダグダである。

とりあえず金魚を救出すると、二人は深いため息をついた。

水浸しの絨毯と水が減ってしまった金魚鉢。侵入の痕跡がハッキリと残ってしまった。

「とりあえず絨毯だけでも乾かしておくか」と呟《つぶや》き、ジビアは社長室のカーテンを開ける。

窓も開けたかったが、嵌《は》め殺しになっていた。さすがのセキュリティだ。

差し込む西日を見て、自然と時間の流れを察した。

もうすぐ夕方になってしまう。ワックス掛けのための清掃員が訪れる時間だ。

ジビアが腰に手を当てた。

(本当にうまくいかねぇな、ここ最近……)

彼女もまた、『灯』の不調を感じ取っていた。

歯車が噛《か》み合わないように、任務がスムーズに流れていかない。

ミータリオの任務を達成したのが嘘《うそ》のように、失敗が続いている。

（……何がイケないんだ？　けっこう頑張ってきたつもりなんだが……）

少なくとも訓練には手を抜いていない。任務続きで忙しさはあれど、自主訓練に加え、クラウスを襲うという従来の訓練もこなしている。

なのに本番に限って、どうしてもミスが目立ってしまう。

ジビアは両手で頬を叩《たた》いた。

（いや、今は悩んでも仕方ねぇ。とりあえず行動だ）

持ち前のポジティブ思考ですぐに切り替える。

「よし、エルナ。一旦、下に逃げよう。七階に降りて、清掃員が八階のワックス掛けを終えたら、また戻ってこよう。大丈夫だ、なんとかなる」

「…………………………」

金魚を移動させた金魚鉢を抱え、エルナは俯《うつむ》いている。

「エルナ？」とジビアが声をかける。

「の？」エルナはたじろぐ。「そ、そうなの。まずは脱出するの」

エルナが金魚鉢を置き、ジビアの元へやってきた。

「なんだ、疲れているのか？」ジビアはエルナの頭を撫《な》でた。「なら隣の部屋で休んでから動くか？　まだワックス掛けは始まらないだろ」

「……の。ぜひそうしたいの」とエルナもまた頷《うなず》いた。

慌てて飛び出しては、清掃員と出くわしかねない。

様子を見ながら社長室を出て、ジビアは音を立てないように扉を閉める。

エルナがゴクリと息を吞《の》んだ。

警戒した通り、既に清掃員は到着しているようだ。上層階からワックス掛けを行うらしく、清掃着を纏《まと》った男女二人が荷物を抱えて、階段を行き来している。

ジビアたちは一度社長室を離れると、隣の倉庫に逃げ込んだ。一旦、休憩をとる。エルナは床に腰を落ち着け、深い呼吸を繰り返していた。ここ最近の任務の失敗続きで疲労がたまっているようだ。たっぷり時間を取りつつ、タイミングを見計らう。

やがて二人は倉庫を抜け出し、こっそりと建物端に移動する。

廊下の行き止まりには非常用出口があった。ビル外部の非常用階段に繫《つな》がっている。外からは丸見えではあるが、一階下まで降りる程度、問題ないという判断だ。

二人は無言でうなずき合い、非常用階段へ一歩踏み出す。

――ベルが鳴り響いた。

「のっ？」「はっ⁉」

二人は目を剝《む》いた。

管理棟全体に響き渡るように、ジリリリ、と甲高い警報が鳴り始めた。誰かが通報でもしたのか、非常用階段に罠《わな》があったのかは不明だ。

（なんでだ……っ⁉　なんで今、作動するんだっ？）

不測の事態が起きているのは間違いない。

ジビアが舌打ちをし、二人は非常用階段から離れた。

これでは工場中から視線が集まってしまう。外に露出した階段は使えない。

続けて人が集まってくる物音が、階下から聞こえてきた。

「い、一度、社長室に戻るのっ！」

声をあげたのは、エルナ。

「社長室っ？」ジビアが聞き返す。

「あそこなら、一社員でも簡単に入ってこられないの！」

冷静な判断だった。

堅牢なセキュリティで守られている社長室は、社長と秘書以外は入れない。どっちみち逃げ場がない以上、社長室に一時的に身を潜めるのは最善の選択だ。

駆け出したエルナの後を追うように、ジビアも「おぅ」と頷き、走り出した。

社員たちが八階まで上ってくる足音を聞きながら、エルナは社長室の扉まで辿《たど》り着き、

再度セキュリティを解除し、扉を開け放つ。

二人はその部屋に入ろうと一歩踏み出すが――。

「――止まるのっ⁉」

突如、エルナが悲鳴をあげた。

え、とジビアは呻《うめ》く。

入室しようとするジビアの服をエルナが引っ張り、即座に反応したジビアが後方に跳んだ。そして、更にエルナがジビアに覆い被《かぶ》さるように、体当たりをする。

爆炎が生まれる。

社長室から火が噴き出し、廊下まで炎が飛んだ。

破壊を伴うような類いではなかったが、猛火と表現してもいい勢いだった。廊下が赤く染め上げられる。

ギリギリで回避したが、直撃だったら命を落としていただろう。

（炎……？　トラップは解除したはずなのに、なぜ……っ）

尻餅をつきながら、ジビアは疑問を抱く。

不測のトラブルが続いている。

不幸中の幸い、ビルは鉄筋コンクリート製であり、火が建物全体に燃え広がることはな

さそうだ。社長室の絨毯を焦がすに留まっている。

そこで、ハッとしたようにジビアが息を呑んだ。

「大丈夫かっ？　エルナ⁉」

隣ではエルナが苦しそうな顔で廊下に倒れていた。

火傷《やけど》を負ったらしく、辛《つら》そうに二の腕を押さえている。倒れた際に、頭を打ったらしく、額に血が流れていた。

エルナは掠《かす》れた声で何かを呻く。やがて身体《からだ》から力が抜けた。

ジビアは何度か呼びかけるが、返事はない。身体を揺すっても、その唇は動かない。

――意識を失っている。

慌てて呼吸を確認する。エルナの薄い胸は上下に動いている。生きてはいる。だが一刻も早く、安全な場所に運ばなくてはならなかった。

その間にも、階段からは駆けつけてくる社員たちの足音が聞こえてくる。さっきの爆炎で異常事態を察したらしい。男たちの怒鳴り声が飛び交っていた。

――危機が迫っている。

逃げ場のない八階の廊下に集まる社員。そして、傍《かたわ》らには意識不明のパートナー。

「悪い、エルナ」

ジビアが、眠る少女に声をかける。

「手荒く行くぞ。容赦してくれ」

言うと同時に、ジビアはエルナの身体を持ち上げ、背中の上に乗せた。背負う姿勢となり、ジビアは腰を落としてかがむ。

危ない橋を渡るしかなかった。

ジビアは廊下の窓を蹴り破った。

勢いのままに、八階の窓から飛び出す。エルナを背負った状態で！

誰かに目撃されるリスクより、仲間の救助を優先した。

そして試したことがない技を、ぶっつけ本番で行う。

（——高層階からのダイブっ！）

こんな非常時でなければ、手を染めたくない危険行為だった。仲間の命が懸かった状況ならば、なおさらだ。

身体能力を極限まで行使する。落下寸前でジビアは身体を翻《ひるがえ》し、手首からワイヤーを発射する。ワイヤーがビル外部に出た排水管に絡《から》みつき、落下の勢いを殺す。

イメージするのは、振り子。

落下運動を振り子運動に変換し、墜落死を免《まぬが》れる。

少しでもワイヤーを射出するタイミングや長さを間違えれば、身体は地面にたたきつけられる。ジビアの身体が弧を描くように、空中で振られる。身体が千切れそうな衝撃に、肺から空気が押し出されていく。

地面が眼前に近づく様は、心底身体が冷えた。

が、寸前でジビアの身体は浮き上がった。

エルナの髪が地面に擦《こす》れる。

やがて空中に吊《つ》るされ、振り子運動の勢いが落ちるまで、ジビアは揺れ続けた。

安全に着地し、ジビアは大きく息を吐いた。

（どうやらうまくいったようだな……）

そしてジビアは他の社員に見つからないよう敷地《しきち》内を走っていった。

敷地の際まで到達し、フェンスを越えていった。そして工場向かいのビルの狭間《はざま》に入り込む。

背の高いビルに挟まれた、幅三メートルほどの小路《こみち》で、ジビアが「ここまで逃げ切れば大丈夫だな」と背中のエルナに笑いかける。残念ながら返事はないが。

ジビアが暗がりで息を整えていると、思わぬ二人が現れた。

「俺様、助けにきましたっ」「どうも、スイーツでメンタルを回復したリリィちゃんです

っ」

アネットとリリィだ。小路の向かいから走り寄ってくる。

定時になっても戻らないジビアたちを心配して来たのだろう。

「……たった今、八階のビルから飛び出して、曲芸じみた技で着地したオランウータンを見た気がします」とリリィが呟《つぶや》く。

「やかましい」ジビアはツッコむ。「戯言《たわごと》はいい。すぐにエルナの手当てをしてくれ」

「え、怪我《けが》をしたんですかっ？」

「気を失っている。手当てを済ませて、すぐ安全な場所に連れて行くぞ」

アネットが「俺様、救急箱を持ってきましたっ」とアピールをして、スカートを揺すった。包帯や消毒薬などが溢《あふ》れんばかりに出てくる。

リリィとジビアは、すぐに応急処置を施していった。

やや乱暴に包帯で頭がぐるぐる巻きにされ、エルナの額が不格好に膨らんだ形になる。

このまま、すかさずエルナを拠点まで運びたいが――。

「そこを動くな、女ども」

――危機は続く。

直後、路地に新たな人影が生まれた。

◇◇◇

即座にジビアは振り返った。

工場の方向に、清掃着姿の男が立っていた。気配は一切なく、突如、無から出現したようにさえ錯覚する。油断していたとはいえ、普通は起こりえない現象だ。

(ん。さっきまで管理棟にいた清掃員の男……？　なんで追ってきた？)

彼の外見には見覚えがあった。

肩にかつぐモップからは、嗅ぎ覚えのあるワックスの匂いがする。

「……何者だ、お前たち？」

ブラウン色の短髪の青年は、ドスの利《き》いた声で話しかけてくる。歳《とし》は二十前後といったところか。暗く陰鬱な瞳でジビアたちを見据えていた。

真っ先にジビアは反応。

地面を抉《えぐ》るような強い踏み込みで、青年へ肉薄する。

相手の目的は知らないが、さっさと制圧するに越したことはない。

青年が対応できない速度で接近し、ジビアは青年の首筋にナイフを押し当てた。

「悪いな、こっちも仕事なんでな」低い声をあげるジビア。

青年は無言で、僅かに目を見開いている。

「速いですっ、姉貴っ」とアネットが興奮した声をあげている。

そう、先ほどの脱出劇といい、ジビアの身体能力は三か月前より更に向上している。一対一ならば、素人《しろうと》などもはや相手にもならない。

「声を上げるな」

ナイフを押し当てたまま、ジビアは告げる。

「一般人に危害は加えたくねぇ。命令に従え。誰にも報告せず、誰にも明かすな。極論、忘れろ。それが約束できるなら解放する。いいな?」

「…………………」

青年は乾いた瞳で見つめ返してきた。反応が薄い。

怯《おび》えるか、泣き顔を見せるかを想定していたジビアは首をかしげる。

「……なんだよ、返事くらいしろよ」

相手はただ白けた目で見つめ返してくる。身体のどこにも緊張はなく、脱力しきっている。まるでつまらない演劇を見るかのように。

状況を理解していないのだろうか。

リリィが「ジビアちゃんの顔が恐《こわ》くて、返事がしにくいのでは？」と小声で諭してくる。

腹立つ表現だったが、一理あった。

「まぁ全面的に悪いのは、あたしらか。巻き込んで悪かったよ。けれど、頼むよ」

そう笑いかけ、ジビアが青年の懐《ふところ》に迷惑料代わりのコインを入れた時だった。

「――くだらない」

不気味な声が届き、清掃員の青年が身体を仰《の》け反らせた。

大きく後方に倒れ、ジビアのナイフから逃れると、身体を反らしたまま、空中に跳びあがった。サッカーのバイシクルシュートのように、ジビアの側頭部を蹴り上げてくる。

突然の抵抗だった。

しかも、かなりアクロバティックな。

ジビアは「この野郎っ」と呻き、青年を押さえこみにかかる。同タイミングで、リリィが毒針で突きにかかり、アネットがスタンガンを構えて飛び込む。

三方向からの攻撃、空中にいる青年は避けられないはずだ――本来ならば。

「コードネーム『飛禽《ひきん》』――噛《か》み抉る時間たれ」

そんな名乗りが聞こえてきた。

青年は握っていたモップを杖《つえ》のようにして地面を打ち、空中で身を翻すと、三方向からの攻撃を避けた。鍛えられた体幹がなければ、できない所業。

そして、そのまま回転する彼の身体から零《こぼ》れたのは、無数のナイフ。

危険を察知した少女たちは一度離れようとするが——全員が足を滑らせる。

（……ワックス⁉）ジビアが目を剝《む》く。

青年が持っていたモップから零れ落ちていたのだ。

その後は、一瞬だ。

着地した青年は地面を跳ねるように、再び跳び上がる。まるでバネのようだ。両手を長く使い、バランスを崩した少女たちの服をナイフで地面に縫いつける。速すぎて避けることもできず、磔《はりつけ》にされる。

地面に倒れこみながら、ジビアは目の前の現実に戸惑うしかなかった。

隣ではリリィが「えっ——」と目を見開いている。

身体能力によって、圧倒された。

三対一にもかかわらず、蹂躙《じゅうりん》されている。僅かな油断を突かれたのだ。

「……お前たちはうるさい。数を減らしておこう」

這《は》いつくばるジビアたちに、青年は鋭い視線を向けた。

右手には、一本のナイフ。

その刃先を向けられたのは、ジビアだった。

「まずはお前から」

青年は躊躇《ためら》いなく、ジビアに向かってナイフを振り下ろす。


「待って、ヴィンド‼」


ナイフは、ジビアの額に当たる寸前で止まった。

全身から冷たい汗が流れ始める。ジビアが感じ取ったのは、紛れもない死のイメージ。

高鳴る心臓の鼓動を感じる。

（コイツがその気なら――）

ジビアはその運命を想起していた。

（――殺されていた。今ここで）

ジビアの膝が震えていた。それでも顔をあげ、状況を確認する。

小路に、また新たな人物が現れた。

大きなメガネをかけた少女だ。翡翠《ひすい》色の髪でポニーテールを作り、勝気な表情を見せている。彼女もまた先ほど、管理棟にいた清掃員の一人だった。

彼女は声を怒らせ「この子たちは敵じゃない。同胞よ」と青年に告げた。

「……ふぅん。そうか」

ヴィンドと呼ばれた青年は眉を顰《ひそ》める。

そして「殊更にくだらない」と呟き、ナイフを収めた。

翡翠色の髪の少女は、深い息をついた。身体《からだ》の底から溢れ出すような息の吐き方だ。

「良かったよぉ、止まってくれて……ヴィンド、危うく味方を刺すとこだったんだよ？」

ヴィンドは冷たい視線を、少女に向けた。

「うるさい、キュール。お前の声がなくても、俺は止まってた」

「え？」

「上だ。早く気づけ」

ヴィンドに促されて、ジビアもビルの屋上を見る。

――クラウスが立っていた。

右手には拳銃、左手にはナイフ。長髪を縛り上げ、完全な臨戦態勢で見下ろしている。

ジビアは息を吞《の》む。ヴィンドを含め、他の人間も同様だ。

空気が重い。それは殺気なのか。

キュールと呼ばれた少女が、ひっ、と悲鳴をあげ、一歩後ずさった。

もし彼がその気になれば、ここにいる人間など数秒足らずで鏖殺《おうさつ》できるだろう。

「あの見た目……なるほど、アイツが『燎火《かがりび》』、か……」

ヴィンドだけはクラウスの殺気にも動じず、堂々としている。

クラウスは屋上からジビアの前に音もたてず飛び降りた。五階以上の高さから落ちたはずだが、痛がる素振りはない。

しばらくの静寂の後、クラウスがヴィンドを見つめる。

「僕の自己紹介は不要のようだな」

「必要ありません。燎火の名くらい知っていますよ」

ヴィンドは不愛想《ぶあいそう》に答えた。

「初めまして。俺はコードネーム『飛禽』。仮名はヴィンド」

「あぁ。隣は？」

「ひ、ひゃい！　え、ええと、ワ、ワタシは『鼓翼《こよく》』。仮名はキュールです」

キュールと名乗った少女は、緊張した様子で頭を下げる。

クラウスは「一旦散開しよう」と冷静に告げた。「ここで集まるのは良くない」

ヴィンドは「了解しました」とモップを握りしめ、キュールと共にビルへ戻っていく。

「「………………」」

取り残された少女たちは呆然《ぼうぜん》とするしかなかった。

助かったようだが、彼らは一体何者なのか。クラウスを知っているようだが――。

代表してジビアが「アイツらは一体なんなんだ?」と尋ねる。

「仲間だよ。ディン共和国の同胞だ」

クラウスはすぐに答えてくれた。

そして、それは少女たちにとって予想外な情報だった。

「『鳳《おおとり》』――全養成学校のトップ6で編成された新たなチームだ」

◇◇◇

『鳳』について、クラウスは既に『海鳴《うみなり》』から教えてもらっていた。

一時期、ディン共和国のスパイ網は壊滅的だった。

クラウスの師匠である『炬光《きょこう》』のギードの裏切りのせいである。一スパイという立場を超えて、共和国の多くの情報を手にしていた男が敵対するガルガド帝国に寝返ったのだ。

情報が漏れたスパイは常に窮地に立たされる。

ギードの寝返りは、まさに悪夢のような出来事だった。

共和国の有望なスパイの情報が敵に渡り、多くの犠牲者が出た。壊滅したのは『焔』だけではない。多くの貴重な人材が殺された。この窮状を覆《くつがえ》そうにも、立ち向かえるスパイの情報は流出している。もはや詰んでいた。

それをなんとか乗り切った要因は――。

「大きく二つ。まず一つは、『燎火』くんの活躍。キミが『灯』を結成し、見事『焔』の代役を果たしてくれたことは、絶望の中に生まれた大きな光だった」

海鳴が解説する。

「そしてもう一つは、養成学校のトップ層の台頭だ」

未曽有《みぞう》の危機に、急遽《きゅうきょ》、スパイ養成学校の生徒が前線に送られたのだ。

クラウスは、養成学校の成績優秀者の情報の漏洩《ろうえい》を懸念《けねん》し、落ちこぼれを集めて『灯』を結成して成果を挙げていった。

その一方で、成績優秀者たちも卒業試験を受けて、最前線で活躍していたらしい。いくらギードといえど、養成学校の成績優秀者まで全て把握してはいなかったらしい。

「もちろん、全ての新人が成果を挙げてくれた訳じゃない。ギードは一部の成績優秀者の

情報も流していた。少なからずの犠牲もあったさぁ。けれど、その仲間の殉死に報いるように、断トツの成果を挙げたのが――『鳳』だ」

クラウスも初めて聞く名だった。

ここ最近に生まれた組織なのだろう。

「かなり凄《すご》いよ。『焰』壊滅直後、三千以上いる養成学校の全生徒から成績上位者を選抜して、行われた卒業試験――その成績上位者六人のドリームチームだ」

「三千人のトップ６か」

「既にかなりの任務を達成している。難易度が高い奴《やつ》はまだ割り振られていないけど」

海鳴は楽しそうに告げてきた。

「――成功した任務数だけで言えば、『鳳』は『灯』の上だ」

◇◇◇

エルナは、クラウスの拠点に運び込まれた。

すぐに呼んだ町医者は、しばらく安静にすれば目覚めるだろう、と診断を下した。

エルナはいまだ意識が戻らず、ベッドに眠り続けている。時折苦しそうな呻《うめ》き声をあげ

た。火傷《やけど》による怪我《けが》、それに慌てて転んだ際の脳震盪《のうしんとう》だという。命に別状はないようで、『灯』のメンバーは心から安堵《あんど》した。

ジビアは仲間が去ったあとも、エルナの隣に寄り添い続けていた。

「すまねぇな、エルナ。あたしが不甲斐《ふがい》ないばっかりに……」

彼女の額に伝う汗を拭って、ジビアは謝罪を告げる。

そして一言声をかけてから、ベッドから離れた。ちょうど腹の音が鳴った。気持ちは晴れないが、こんな時でも腹はすく。

もう日は暮れて、晩飯時になっていた。

「ええと、つまり二つのチームの任務が重なっちゃったんですか?」

ダイニングキッチンでは、リリィを中心に報告が行われていた。

八人掛けのテーブルには、テイクアウトした龍華料理が並べられていた。鶏のロースト、水餃子《ギョウザ》、茹《ゆ》でエビ、五色小籠包《ショウロンポウ》、桃饅頭《まんじゅう》と、色とりどりの御馳走《ごちそう》である。

全てリリィが潜伏中のレストランの残り物だ。この女、食事の確保だけは余念がない。

ティア、リリィ、アネットの三人が晩御飯を囲んでおり、そこにジビアも加わった。

「そういうことみたい」

解説するのはティア。丁寧にエビの殻を剝《む》いている。

「別々のターゲットを追っているうちに『鳳』と『灯』が一つの場所に重なってしまったのね。稀《まれ》にあることだそうよ」

「むぅ。情報を隠すスパイならではですね」小籠包を頰張るリリィ。

「俺様、しっかり報告し合うべきだと思いますっ」桃饅頭を齧《かじ》るアネット。

「ええ、今、先生の書斎で調整が行われているわ」ティアが頷《うなず》く。

少女たちは書斎に視線を移す。

さきほどヴィンドとキュールが別荘に訪れて、書斎に入っていった。清掃着ではなく学生服だ。龍沖に留学しに来た学生というのが、彼らの偽《にせ》の経歴《カバー》らしい。

今頃、『灯』と『鳳』の間で情報共有が行われているのだろう。

「しかし、なぁ」ジビアが憂鬱げな息をつく。「養成学校のトップ6か……」

「そうねぇ……」

ティアもまた暗い面持ちで相槌《あいづち》を打つ。

『鳳』の概略は、既にクラウスから聞いていた。いわく、養成学校のエリートたち、と。

「うおおおおおおおおおぉぉぉおお‼」

リリィが突如、身悶《みもだ》え始める。

「頭にいぃぃ、色んな記憶がああああああぁっ！」

苦しそうな表情を浮かべるのは、リリィだけでなく、ジビアとティアも同じだった。気づけば、食事もうまく喉を通らなくなっている。アネットだけは桃饅頭を重ねて遊ぶような余裕を見せている。

『灯』は、『鳳』の真逆である――養成学校の落ちこぼれのチームだ。

成績不良、人間関係、素行の悪さ、つまずき。様々な要因で、養成学校では伸び悩んでいた生徒ばかり。退学寸前まで追い込まれていた少女たちで構成されている。

「ま、嫌な記憶ばかり思い出してしまうわな」

ジビアの呟《つぶや》きに、ティアも「わかるわ」と肯定する。「正直トラウマよ。二度と関わらないものだと思っていたけど」

「しかも、あたしらがうまくいっていない時に会うなんて」

少女たちは息を合わせたように「「「不幸……」」」と言葉を漏らした。

テーブルは重たい沈黙で満たされた。

シーリングファンのモーター音が虚《むな》しく響く。

「で、でもっ！」

そこでリリィが立ち上がった。

「わ、わたしたちだって養成学校の頃とは違いますよっ！　先生との訓練を経て、不可能任務をこなしたスーパーエージェント、リリィちゃんです！」

「お、おぅ……まぁ、それもそうだな」

リリィに触発され、遅れてジビアも立ち上がった。

「よし！　リリィの言う通りだぜ。落ちこぼれなんて過去の話だ！　あたしらのボスだって、養成学校なんて狭い枠組みの話って言っていたしよぉ！」

他の少女たちも続々と立ち上がる。

「わ、私だってそうよ。そもそも私は、成績を正当に評価されなかったわ！」とティア。

「俺様の素敵な発明品も、教官どもはゴミ扱いしやがりましたっ！」とアネット。

空元気めいた雰囲気はあるが、各々《おのおの》が声をあげ始める。

そのテンションが最高値まで上がった時、リリィが叫んだ。

「わたしたちの仕事は譲りません！　エリート上等。かかってこいやぁ、『鳳』です！」

「「おおおおおぉぉぉぉうっ！」」

彼女たちは元気よく拳を掲げる。

「……威勢がいいな、女ども」

後方から低い声がかけられた。

嫌な予感と共に、バッと振り返る。

冷めた瞳のヴィンドと、「あはは……」と気まずそうに笑うキュールが立っていた。

話し合いが終わって、書斎から出てきたらしい。

両手をポケットに突っ込んだ姿勢で、ヴィンドが圧をかけてくる。

「で、『鳳』がなんだって？　何が言いたい？　もう一度喚《わめ》いてみろ」

「「「…………………………………………」」」

本人たちを前にして、途端に黙り込むリリィたち。

表情は一様に凍りついている。

やがてリリィが「ジビアちゃんが言いたいことがあるそうです」と真っ先に裏切り、ティアが「そ、そうね」と同調し、アネットが「ジビアの姉貴、さっきの罵倒を言ってやってください」と発破をかけ、ジビアが「お前ら、許さんぞ」と睨《にら》みつける。

「チームの恥部を晒《さら》すな」

そこでクラウスもダイニングキッチンに現れた。

「たった今、『鳳』との調整が終わったところだ。とりあえず龍沖では、二つのチームが協力して任務を行う。縄張り意識を持つな」

キュールが「よろしくね」と手を振る。ヴィンドは無言だった。

『灯』の少女たちも顔を赤くしながら、頭を下げた。

「ん？　そういえば」ジビアが声をあげた。「なんでアンタらが直接来たんだ？　こういう調整って互いのボス同士が行うものじゃねぇの？」

「あぁ、そうだな。それに関しては――」

「俺が直接、この目で見ておきたかった」

クラウスの言葉を遮り、ヴィンドが発言した。

「断片的だが、噂《うわさ》には聞いていた。養成学校の落ちこぼれが不可能任務を達成した、と。最初は俺らを発奮させるために教官が流したデマかと思ったがな」

ヴィンドの発声には、並々ならぬ威圧感があった。

一歩ずつ距離を詰めてくる彼は、少女たちの眼前に辿《たど》り着く。こちらを値踏みするような、鋭い視線を向けられ、少女たちは、う、と小さく呻いた。

「本当なのか？　お前たちが不可能任務を達成したというのは」

「……え、えぇ。そうですよ」

答えたのはリリィだ。

額に汗をかきながらも、堂々と胸を張る。

「わたしたちが達成したんです。いやぁ、アレは激しい闘いでした。特にガルガド帝国での潜入任務は、我々の完璧なチームワークがなければ成しえなかった――」

「その体《てい》たらくで？」

ヴィンドは冷たく言い放つ。

リリィは、む、と口を噤《つぐ》んだ。

その質問だけで興味をなくしたように、ヴィンドは少女たちから視線を外した。両手をポケットに入れた姿勢のまま、クラウスの方を振り返る。

「燎火さん、今晩の任務は俺が参加します。いいっすね？」

「あぁ、構わないよ」

「ありがとうございます。では、さっき伝えた通りの時間で」

用件はそれで終わったというように、ヴィンドはさっさと出入り口へ去っていった。

少女たちなど歯牙《しが》にもかけない態度だ。

彼の後を追うように、キュールが申し訳なさそうに両手を合わせて「え、えぇと、ごめんね。うちのヴィンドが」と謝りながら、去っていく。

少女たちは複雑な気持ちで、出入り口の扉を見つめていた。

「こ、恐《こわ》い方でしたね……」

リリィがそう呟き、ジビアも「お、おぅ」と同意した。

これまでに出会ったどのスパイともまた違う、迫力があった。

もちろん彼女たちの学校にも成績優秀者はいたが、それらと比べてもヴィンドは別格の存在に思える。あそこまで愛想《あいそう》のない人間もいなかった。

「プロ意識の高さだろうな」

クラウスが口にした。

「少し危ういくらいだが、気を張り詰めることは決して悪いことじゃない。お前たちも見習ったらどうだ？　今晩には『鳳』との合同任務が始まる。ジビアはすぐに準備に取り掛かれ。エルナの代わりに、リリィがサポートにつけ」

「あ？」「へ？」

突然の指名を受け、目を丸くするジビアとリリィ。

「何が起ころうとも任務は続く」クラウスは強い口調で告げてきた。「僕は今晩、別の仕事がある。お前たちに任せたぞ。念のため、アドバイスも書き記しておいた」

「お、おぅ」「わ、わかりました……」

クラウスの落ち着いた声に諭され、少女たちは我に返る。

彼の言う通りだ、任務はまだ続いている。養成学校のトラウマを思い出して、慄《おのの》いている場合ではない。

「先生も常に気を抜きませんね」とコメントするリリィ。

「当然のプロ意識だ」と答えるクラウス。

そして、クラウスは折り畳んだ用紙を一枚ずつ、差し出してきた。

失敗した少女たちに託すアドバイスらしい。

『月にかかる虹のように盗め』『満月のように丸ごとの自分で』

用紙を開くと、悪筆でそれぞれ短く記されていた。

なぜかクラウスは得意げだった。

「プロフェッショナルの僕のアドバイスに従えば、お前たちも――」

「アンタの指導からは一ミリもプロ意識を感じねぇよ！」

ジビアが叫んだ。

◇◇◇

数時間後、ジビアとリリィは再び紡績工場の前にいた。

時刻は既に二十二時を回っているが、工場は稼働《かどう》している。鈍い音が響いていた。管理棟のビルは半分以上照明が落とされているが、窓から光が漏れている部屋がある。夜を徹しての労働者がいるのだ。ここの社長は社員を酷使する経営方針らしい。

リリィは横にいる人物に尋ねた。

「『鳳』はどこまでこの工場の正体を知っているんです？」

「全てだ」

短く答えるのは、清掃員の姿をしたヴィンド。

彼は管理棟のアルバイト清掃員という肩書きで、半月前から潜入中だったらしい。彼の手引きによって、ジビアたちは難なく敷地《しきち》内に入ることができた。

そのままヴィンドに誘導されて、工場内を歩いている。暗がりを進んでいるだけだが、自然と人とはすれ違わなかった。

ちなみにキュールは別行動だ。ジビア、リリィ、ヴィンドの三人での潜入だ。

「この紡績工場の裏に潜んでいるのは、地元マフィアだ。龍沖では、情報が金になることを十分に理解している。世界各国の外交官を買収し、引き出した情報を売り捌《さば》く。機密情報専門の小売業者といっていい。そして彼らの隠《かく》れ蓑《みの》が、この紡績工場だ」

存外、ヴィンドは丁寧に解説してくれた。

態度こそ冷たいが、必要な情報は全て順序だてて並べてくれる。

「地域に根差した連中だからな。街の至るところに目がある。尾行の一挙手一投足が命取りだ。お前たちが狙った機密文書は既に別の場所へ移されているようだ」

次にジビアが質問をぶつける。

「それは分かった。で、どうするんだ？　文書の移動先をどう突き止める？　誰に吐かせればいいのかも、正直分かってねぇんだけど」

「……そうだな。お前たちが起こした騒動のせいで、セキュリティも厳しくなった。俺たちが念入りに準備していた計画が台無しだ」

「うっ。それは、すまん……」

「多少、強引な手段を選ぶ。元々そのプランも用意していた」

話しているうちに、管理棟の真下まで辿り着いた。

ヴィンドはおもむろに地面に転がっている、拳ほどの大きさの石を拾った。

「……ところで金髪の女はどうした？」彼が何か呟《つぶや》いた。

「ん？」

「あの、小さなガキだ。お前が背負っていただろう？」

ヴィンドが無表情のまま、ジビアを見つめてきた。

エルナのことを気にしているらしい。

「任務中に気を失って、今も寝ている。社長室で爆弾のようなものを喰《く》らったんだが……

そういえば、アレはなんだ？　お前が仕掛けた罠《わな》なのか？」

「……いや、俺は知らない。別の要因だろう」

答えに微妙な間があった。その意味するところは分からない。

ヴィンドは拾った石の形を確かめるように、手の中で回している。

「だが、分かった。欠けた金髪の代役くらいは果たしてやる」

言うが早いか、ヴィンドはその石を管理棟の窓に投げる。

「「っ⁉」」とジビアとリリィは同時に驚愕《きょうがく》した。

（なにをやってんだ、コイツ――⁉）

窓が割れ、案の定、非常事態を示すベルが轟音《ごうおん》を鳴らした。

サイレンが唸《うな》り、警備員がこちらに駆けてくる足音が聞こえてくる。

「驚くな。情報を吐かすまで、敵も不審人物を殺したりはしない」

唖然《あぜん》とする少女たちの視線を受けても、ヴィンドは平然としていた。

「黙ってみていろ――俺たち『鳳』のやり方を」

その声には不気味なほどに余裕があった。

ヴィンドの目論見《もくろみ》通り、ジビアたちは駆けつけた警備員に捕まった。

最悪の流れは、このまま警察に引き渡されることだったが、彼らはそれを選択せず、ジビアたちを管理棟のビルへ連れて行った。

近くで見て気づいたが、紡績工場内にいる警備員は明らかにカタギの風貌とは異なっていた。マフィアの下《した》っ端《ぱ》が担《にな》っているのだろう。懐《ふところ》に拳銃も隠し持っているようだ。

両手を背後に回され、縄で縛られた体勢で、ジビアたちはある部屋に連れていかれた。

「ここ……」リリィが呟く。「社長室ですか？」

三人が押し込まれたのは、昼間の社長室だった。

絨毯《じゅうたん》や美術品の大半が焦げており、炭の臭いが部屋に充満している。それでも一通りは掃除されたらしく、中央には大きな空間ができていた。

ヴィンドは涼しい顔をしている。ここに連れ込まれることは想定していたらしい。

あぁそうか、とジビアは納得する。

セキュリティがしっかりなされた社長室は、密室に近い空間だ。外部の工場労働者が近

づけず、どれだけ悲鳴をあげても漏れることはない。拷問に適した空間だ。ここの連中は警察の介入を嫌い、自分たちで尋問する気なのだろう。

社長室の床にジビアたちは乱暴に寝転がされる。

部屋には十人の男たちが集っていた。中には嗜虐《しぎゃく》的な笑みを浮かべる者もいる。狙い通り捕らえることができて、嬉《うれ》しく感じているのだろう。

やがて男たちの間から、コツコツとハイヒールの音を立てて、一人の女性が現れた。

「まさか捕まるのが、キミたちみたいな若者とはね」

現れた女性は、ジビアも知っていた。

紡績工場の社長秘書だ。身体《からだ》にぴっちりと張り付くようなスーツを着た、妙齢の女性は、暴力の世界に生きる者特有の雰囲気を纏《まと》っている。やはり、この工場と地元マフィアは密接にかかわっているのだろう。

「………………」

対してヴィンドは退屈そうに眼《め》を閉じている。

「キミがリーダーかな？」

女性秘書はおかしそうに笑う。

「昼間、社長室でボヤ騒ぎを起こしたのもキミたちかな？　そうかな？　まさか清掃員に

擬態するなんてね。誰に雇われたの？」

「教える訳がないだろう」ヴィンドが目をつむったまま答える。

「残念、その態度は不正解。そんなスパイがここで何人も死ぬ」

女性秘書がそう口にした時、彼女の部下が一人、前に出た。手には鉄鞭《てつべん》が握られている。

そして彼はまずヴィンドの頭を殴り、その後滅多打ちにしていった。何度も何度も彼の身体に鉄の塊を振り下ろす。鉄と骨がぶつかる鈍い音が何度も響いた。

やがて鉄鞭を振るう男が疲れたように、手を止める。

ジビアとリリィは絶句するしかできなかった。

やはり自ら捕まるという手法は、悪手にしか感じられない。

「やりすぎちゃった？」

女性秘書は満足そうに言う。

「殴りすぎたかな。そうかな？　まぁ最悪男が死んでも、他の少女に口を割らせ――」

「――くだらない。やはり」

ヴィンドは身体を起こした。

周囲の男たちが、え、と呻《うめ》き声をあげる。

両手を縛られたまま、ヴィンドは立ち上がっていた。身体の軸が一切乱れていない。全

身に傷一つも見られず、平然としている。

「……あれだけ殴られて、なぜ無傷なの？」

女性秘書の声には、驚愕の色が滲《にじ》んでいた。

ジビアはその技術を知っている。クラウスが何度か披露したことがある。衝撃を全て受け流すのだ。傍《はた》から見れば殴られているように見えても、本人は一切ダメージを受けていない。だが、ヴィンドほどの優れた技量は見たこともなかった。

「……少し待ってみたが、結局、現れるのはお前程度の人物か」

ヴィンドは小さくため息をついた。

「興覚めだな。光栄に思え。存分に俺を殴れる機会を」

「さっきから何をべらべら――」

「なぁ」ヴィンドは告げる。「――さっきから暑いとは思わないのか？」

直後、女性の声が聞こえてきた。

「火事よっ！　こっちまで火が来てるっ！」

下っ端の男が慌てた様子で部屋を飛び出し「本当だっ！　燃えてますっ」と報告した。

社長室のマフィアが一瞬、行動を止める。

誰もが混乱状態に陥っているようだ。

考えなくてはならないことが多すぎる——すぐに脱出するべきか。捕らえたスパイたちをすぐに殺すべきか——突然の異常事態に誰もが思索を巡らす。

その空白を嘲笑《あざわら》うように「殊更にくだらない」という声がした。

「コードネーム『飛禽』——噛《か》み抉《えぐ》る時間たれ」

ヴィンドだ。

両手を縛られている彼の身体が、まるで重力をなくしたように浮かび上がる。

——鮮血が飛ぶ。

真っ先に斬られたのは、鉄鞭を握っていた男。え、とマヌケな声をあげる。ヴィンドの靴に仕込まれた、ナイフが喉を裂いたのだ。

その技術を、ジビアが目撃するのは二度目。

まるで全身がバネのよう。どんな体勢だろうと、腕や足の筋力だけで跳躍し、舞うようにナイフを繰り出す。予想外の動きに誰も対応できない、圧巻のナイフ術！

——養成学校全生徒の頂点に君臨した男の神業。

瞬《また》く間《ま》にヴィンドのそばにいた二名が斬られた。

いつの間にかヴィンドの拘束は解けていた。

次にヴィンドが跳躍した時には、更に一人の心臓にナイフが突き立っていた。空中に浮

いたヴィンドの隙を突こうと別の男が拳銃を取り出す頃には、ヴィンドは遺体を足場のように蹴りつけ、別の場所に移動している。

ヴィンドは社長室を縦横無尽に跳ね、ナイフを振るっている。

「に、逃げろっ！」誰かが叫んだ。「ここにいても、どのみち焼け死ぬっ！」

堰《せき》を切ったように、社長室にいた人が出入り口に殺到した。

ワンテンポ遅れて拘束を解いたリリィが「逃がしませんよっ」と反応し、拳銃を取り出した。

「追うな、銀髪」

しかし、リリィの追撃をヴィンドが諫《いさ》める。

「アイツらは間抜けだ。昼間ワックスを塗った人間が誰か忘れている」

直後、空気が弾《はじ》けるような音が響き、男たちの悲鳴が聞こえてきた。

燃え盛る炎に焼かれる音だ。

ジビアは理解する。

初めからヴィンドの狙いは、この火災だったのだ。可燃性のワックスに薬品を混ぜ、まるで導火線のように炎の経路を作った。放火したのはキュールか。思えば、最初『火事よっ』と報告したのは、彼女の声のように思える。

気づけば社長室に残っているのは、ジビアたちと女性秘書だけだった。

「残りはアンタだけだ」

ヴィンドがナイフを手の内で回した。

「ふ、ふざけるな……」女性秘書は腰を抜かし、床にへたり込んでいる。「焼かれてしまえ……キミたちも、ここで道連れだ……」

「ここの社長室は耐火性を兼ね備えている。火の流れもコントロール済みだ。俺たちが一酸化炭素中毒で死ぬには、もう少し時間がかかる」

「うっ……」

「さすがに機密文書の在り処《あか》くらいは知ってるだろう？　吐いたら、命は許してやる」

女性秘書は悔しそうに唇を噛んでいたが、やがて「……分かったよ」と観念したように呟《つぶや》き、機密文書の場所を語りだした。恐怖に駆られているらしく、かなりの早口だ。最後にはマフィアのボスの潜伏先まで語りだし「……これで全て」と呻いた。

「そうか。なら用済みだな」

ヴィンドはナイフを構えた。

「え？」

「本当に生かしてもらえると思ったのか？」

ヴィンドは淡々と告げ、ナイフを上へ掲げた。

「二か月前、アンタの部下のせいで尊い女性が亡《な》くなった。民間人のガキを守るため銃弾に撃たれ、命を落とした。俺の一生の悔いだ」

「待ってっ！」女性秘書が叫んだ。「私にだって息子と二人の娘がいて――」

「潔《いさぎよ》く死ね」

ヴィンドが振り下ろすように投げたナイフは、まっすぐ彼女の喉に突き立った。

女性秘書は目を見開く。しばし痙攣《けいれん》していた身体が力尽きたように崩れ落ちた。

ジビアたちはその光景を、傍で見つめるしかできなかった。

潜伏技術、身体能力、計算能力、冷酷なメンタル――全てが完璧に仕上がっている。

機密文書の情報を得て、ヴィンドたちの姿を見た者は全員死亡。

俺たちのやり方を見ていろ、とヴィンドは言った。

それは、あまりに無駄のない圧巻の手際だった。

◇◇◇

エルナが目を覚ましたのは、早朝だった。

ジビアたちが工場から帰還した直後である。拠点に戻ったところで、まだ起きていたアネットが「エルナちゃんが起きやがりましたっ」と嬉しそうに報告してきた。

ジビアとリリィは先を競うように寝室に飛び込むと、ベッドにはティアに介抱されるエルナの姿があった。二人は「うおおおおっ！」と無意味な雄叫《おたけ》びをあげ、エルナの首に抱き着き、頬《ほ》っぺたを突《つ》きまくり、彼女が「く、苦しいの……！」と呻き始めたところで、胴上げに切り替え、ティアに「絶対安静！」と叱られる。

やたらにテンションをあげたジビアとリリィはゆっくり深呼吸をした。

「大丈夫です？　記憶喪失にはなっていないです？」とリリィ。

「そんなハプニングを期待されても困るの」とエルナ。

「ジビアちゃんの特徴は？」

「ほんのちょっと、おバカさん」

ジビアが無言でエルナの頬を優しく抓《つね》り、エルナが心地よさそうに、のー、と呻く。

脳にも異常はなさそうで、メンバーは胸を撫《な》で下ろした。

一時はどうなることかと思ったが、ようやく一息つける。

「と、ところでっ」そこでエルナが声を張り上げた。「任務はどうなったの？」

かなり心配のようで、声には鬼気迫るものがあった。

彼女を囲んでいた少女たちの挙動が一瞬、停止した。

「お、おぅ。それに関しては……」困ったようにジビアは目を泳がせる。

「ちょっと説明することが多いんですよねぇ」リリィが苦笑いをする。

とにかく見た方が早い、とジビアたちは、エルナをダイニングへ連れていった。彼女は首をかしげながらも従ってくれる。

早朝の仄暗《ほのぐら》いダイニングには、二人の人物が席に着いていた。

「……金髪の女か」

「あ、キミがエルナちゃん？　初めまして、よろしくね」

ヴィンドとキュールである。

彼らは任務達成後にクラウスへの報告を兼ねて、拠点に訪れていた。現在ティアが用意したサンドウィッチを朝食に食べている。ヴィンドは口いっぱいに頬張り、キュールは落ち着かない様子で齧《かじ》っていた。

の、と戸惑うエルナに、ジビアとリリィは説明する。『鳳』の存在、そして、彼らが管理棟の工場で達成した任務について。

「いや、マジですげぇぞ！　魔法みたいに終わってたわ！」

「本当にすごかったです！　ビックリしました！」

ジビアとリリィは身振り手振りを交えて、彼らの手際を語った。

興奮のあまり早口で語る。その熱量に、エルナが目を白黒させるほどだった。

「やっぱり養成学校のトップ連中ってすげぇんだな！　思い直したわ」

「はい、先生以外であんなスパイは初めて見ました！」

それは純粋な賞賛だった。

ヴィンドの殺人には驚愕《きょうがく》したが、客観的に見れば、仕方がない処置だと理解できる。

殺したのは、皆マフィアとして悪行を働いた罪人だ。

そして、なにより計算され尽くした技量。

（まぁ、悔しいが認めるしかねぇよ。あんな手際を見せつけられれば）

複雑な心地だが、ジビアも認めるしかなかった。

（正直、コイツらの実力はあたしらより断然上だ）

ライバル意識は捨てるしかない。彼らはエリートとして申し分ない技能を秘めている。

「そ、その……ヴィンドさん、キュールさん……なの？」

エルナも状況を呑《の》み込めてきたようだ。

人見知りを発揮しつつも、彼らにおずおずと頭を下げている。

「エルナの代わりに任務を達成してくれて、ありがとうございます、なの」

「礼には及ばない」

ヴィンドは愛想《あいそう》なく返答する。

彼は少女たちが集うテーブルを見て、煩わしそうに「騒がしいのは嫌いだ」と言うと、サンドウィッチを一切れ摑《つか》んで立ち上がった。別の場所で食べるらしい。

困惑する少女たちに、キュールが「気にしないで、ヴィンドはいつもあんな感じだから」とフォローを入れる。

そのまま、リリィたちも朝食を食べる流れになった。

徐々に日が昇り始め、ダイニングからは紫色に移り変わっていく空がよく見える。任務後の心地いい達成感に包まれながら、サンドウィッチを頬張っていく。

話題の中心は、やはり『鳳』のことだった。

キュールを囲むように、少女たちは様々な賛辞を投げかけていった。

「でも、そんな『鳳』を持ち上げられても困るよ？」

途中キュールが照れくさそうに頬を掻《か》いた。

「『灯』だって劣っている訳ではないでしょ？　褒められすぎても居心地悪いって」

「え、そうか？」ジビアが首を傾《かし》げる。

「うん。話を聞いた感じ、パラメータが尖《とが》ってるだけで、養成学校卒業水準の実力はある

と思う。元が落ちこぼれなんて信じられない。とても立派だよ」

「ど、どうも」とジビアが頭を下げる。

馴《な》れない賞賛につい少女たちの顔が熱くなる。

クラウス以外の人間に褒められるのは久しぶりのことだった。

ティアが「でも、実際は失敗ばかりよ」と会話に加わった。「語るのも恥ずかしいけれど、今の私たちは上手《うま》くいっていないわ。何がダメなのかしら?」

「ダメも何も、それが普通じゃないかな」

「普通?」

「うん。『灯』は養成学校卒業レベルに辿《たど》り着いた。それは素晴らしいと思うけど、そこってこの世界のスタート地点だもん。すぐには活躍できないよ」

「あぁ、確かにそうね」

「多分、これまでが上手くいきすぎていたんじゃないかなぁ」

真っ当な分析に、少女たちは閉口する。

クラウスから「養成学校からの卒業」を言い渡された時、少女たちは歓喜に打ち震えたが、それはスパイの最低水準に到達したに過ぎないのだ。

自分たちはまだ最初の一歩を踏み出しただけ。

「ワタシたちも全て成功できている訳じゃない。手痛い失敗もあったよ」

キュールが過去を顧みるように、ティーカップの縁《ふち》をなぞった。

「ぜひ教えてほしいわね」とティアが口にする。

「うん、いいよ。ゆっくり話そっか」

キュールが快諾した。

「ワタシもこんな風に、チーム以外の同年代の子と喋《しゃべ》るのは久しぶりで嬉《うれ》しいかな。じゃあ、お互い語っていこうよ。これまでどんな任務に挑んできたか」

少女たちはその周囲に椅子を移動させ、キュールの話に聞き入る。エリートたちが取り組んでいた任務が、気にならないはずもない。

とても和やかな空気が流れる。

ゆえに中々戻ってこないヴィンドの存在を、気に留めなかった。

◇◇◇

クラウスもまた任務から帰還し、書斎で一息ついていた。

鶏肉《とりにく》入りの白粥《しろがゆ》という龍沖式の朝食を摂《と》り、手元の資料をめくっていく。深夜の任務直

後に、海鳴を通して入手した『鳳』のデータだった。

基本的に、スパイは他チームの動向をよく知らない。情報の流出を懸念《けねん》しての対策を取られている。『炬光』ギードや『紅炉』フェロニカのような超古株の人間を除けば、この国のスパイ網全てを掌握する人間はスパイマスターであるCだけだ。

クラウスと言えど、短期間で入手できる情報はごくわずか。

しかし、それでも『鳳』のポテンシャルの高さは伝わってくる。

（確かに優れたチームだな。とにかく弱点がない）

『灯』とは大きな差異がある。

長所と短所がハッキリしている『灯』と比べ、『鳳』のメンバーには欠点がない。どんな任務にも臨機応変に対応できるよう、訓練を積んでいるようだ。

そして、中でも突出した能力を持つのは――。

（卒業試験1位。『飛禽』のヴィンド……まさかコイツほどの実力者が、養成学校にいたとはな。ギードが見逃したとも思えない……ここ二年以内に入学したのか？）

全身のバネとナイフ術、そして優れた演技力。目新しさはないが、高い基礎能力を感じさせる。オンリーワンの特技で闘う『灯』のメンバーとは、対照的だ。

彼が『鳳』のリーダーを担《にな》っているらしい。

（そして卒業試験4位。『鼓翼』のキュール……後衛として優れた才覚が感じられたが、これでも4位なのか）

彼らのデータから、直接見ていない他四名の実力もまた予想する。

おそらく、2位、3位、5位、6位のメンバーもまた、『灯』の平均値を大きく上回る技量を持っているようだ。

（甘く見積もっても、張り合えるのはモニカ、グレーテのみ……アネットもやる気次第では可能性があるが、気まぐれだからな……他のメンバーでは分が悪い……）

それが客観的に見た二チームの評価だった。

少なくともメンバーの総合値は、『灯』は『鳳』に大きく劣る。

悔しさを抱いてしまうのは、教官としてのプライドか。

（……一体、何が違う？　『灯』と『鳳』では？）

クラウスは資料に目を凝らした。

（アイツらの向上のために、必要なものは——）

クラウスがその情報に目を向けた時、書斎の扉がノックされた。

少しして、ヴィンドが顔を出す。

「なんだ？」先にクラウスの方から声をかける。

「……些細《ささい》な用事です」ヴィンドが口にする。「今、少し時間いいっすか？」

「あぁ、構わない」

「恩に着ますよ。では手短に」

彼は軽く頭を下げ、クラウスの正面に立った。それから一回髪をかき上げ、改まった態度でクラウスを見据えてきた。

「正直、終わっている——ゴミ以下だ、アンタのチームは」

それが一番に浴びせられたセリフだった。

◇◇◇

キュールの語り方は巧みだった。

これまで『鳳』が取り組んできた任務を、分かりやすく語ってくれる。時に手に汗握り時に痛快であり、なにより勉強になった。『鳳』に根付くのは、仲間内のライバル意識。メンバー同士で競い合うカッコよい生き様に、憧れの目を向けてしまう。

語り終えると、キュールは照れくさそうに「以上かな」とはにかんだ。

ずっと横で真剣に聞き、メモを取っていたリリィは立ち上がると、

「すごいです、とっても勉強になりました！」

と叫び、キュールの手を強く握ってぶんぶんと振り回す。

他の少女たちもすっかり夢中で聞き入っていた。

エルナが小さく拍手を送る。アネットも面白いものを見つけたように目を輝かせて、キュールにお手製のピーナッツ拳銃を手渡している。お礼のつもりらしい。

「なんだか不思議だね」

キュールは子どもをあやすようにアネットの頭を撫《な》でた。

「養成学校からこんなに離れた地で、同胞と出会えるなんて。運命みたい……」

「そういえば」リリィが尋ねる。「キュールさんは『灯』の誰かと一緒の養成学校の出身だったりするんですか？」

ちなみに『灯』は全員、バラバラの養成学校出身である。

キュールは「えぇと、どうだろ……」と首を傾げた。

「ちなみに、この場にいない人は、『愛娘《まなむすめ》』、『氷刃《ひょうじん》』、『草原《そうげん》』の三人です」

「そんな簡単に情報を開示しちゃダメだよ……？」

軽く釘《くぎ》を刺したうえで、キュールは記憶をたどるように右上を見て、

「うん、『愛娘』って子と一緒だったかも。あまり接点はなかったけどね」

と口にした。

なるほど、と受け止める少女たち。もしかしたら他の『鳳』の中にも、『灯』と一緒の養成学校の出身者がいるのかもしれない。

キュールがどこか寂しそうに前髪に触れた。

「ねぇ、アナタたち」

「ん？」

「もっと安全な場所に戻りたいとは思わない？」

いきなりな質問に、ジビアたちは同時に首を傾げる。

「今日、改めて感じたんだ」キュールが口にする。「アナタたちは素敵な人たちだよ。だから、死んでほしくない。生きていてほしいなぁって」

「はぁ……そりゃ、安全に越したことはありませんけど……」

いまいち質問の意図がつかめず、曖昧な返事をするリリィ。

キュールは安堵《あんど》したように「だよね」と頷《うなず》いた。「なら良かった」

ん、とジビアは何かがおかしい、と気が付いた。

全身に纏《まと》わりつく嫌な予感がする。

合同任務に協力的な『鳳』、敵に並々ならぬ怨念を持っていたヴィンド。失敗について

触れた時、哀《かな》しそうな顔をしたキュール。そして、任務の調整にもかかわらず姿を現さない『鳳』のボス――これらの不自然さの答えはなんだ？

ジビアより先に反応したのは、ティアだった。

「……ねぇ、一つ聞いていいかしら？」

彼女が会話を断ち切るように、質問をぶつける。

「『鳳』のボスってどんな人？　今はどこにいるの？」

「『円空《えんくう》』のアーディ」キュールは答えた。「ワタシの憧れだよ。ウィットに富んだ、とても明るい女性。素敵な人だった」

「だった？」

「死んじゃったんだ。二か月前にね」

ジビアたちは言葉を失う。

ヴィンドが女性秘書の前で口にした『尊い女性』とは『鳳』のボスのことだったのだ。

まず抱いたのは、彼らに対する憐憫《れんびん》の情だ。

「『鳳』はボス不在のまま活動しているんですか……？」心配そうにリリィが尋ねる。

「うん、人手不足のせいで次のボスも中々決まらないから、みんなで協力し合ってね。特にヴィンドがリーダーシップを発揮して、頑張ってくれている」

「……あの人が厳しいのは、気を張りすぎているからなんですね」

「そうだと思う。でも、大丈夫。もう心配は要らないよ」

メガネを外すキュールの素振りには、どこか怪しさが宿っていた。

まるで時間稼ぎは終わった、と嘲るように。

「ようやく現れたんだ――ワタシたちに相応《ふさわ》しい、新しいボス候補が」

その言葉でようやく少女たちは思い至る。

さっきからヴィンドが戻ってこないことに。

◇◇◇

ジビアを先頭に、少女たちはクラウスの書斎に駆け込んだ。

扉を壊すような勢いで飛び込み、五人がもつれるように床へ倒れ込む。

室内には少女たちを静かに見下ろすヴィンドの姿があった。

「……本当に騒がしい奴《やつ》らだな」

両手をポケットに突っ込み、蔑むようなポーズをとっている。

彼の正面には、クラウスが渋い顔をしていた。彼にとって不愉快なことを告げられてい

たようだ。

少女たちは立ち上がり、強い視線をヴィンドにぶつける。

「さすがに察しているようだな」

ヴィンドは吐き捨てるように告げてきた。

「今、交渉が終わったところだ。燎火に——俺たちのボスになるように、と」

予想が当たったことに、少女たちは息を呑《の》む。それと同時に、『燎火』という馴《な》れ馴れしい呼称に怒りが込み上げてきた。

リリィが一歩前に出た。

「ど、どうしてですか……？」

「不思議はないはずだ」ヴィンドの声は冷たい。「むしろ、まっとうな判断だ。燎火はより優秀なスパイと組むべきだ。足を引っ張り続けるお前たちでなく」

ヴィンドの瞳は笑っていない。鋭く厳しい視線を少女たちに向けている。

彼の発言は、『灯』の急所を突いていた。

自覚はあるだけに胸が痛い。

自国の利益を考えれば、クラウスは任務に集中するべきなのだ。しかし、今の彼は少女たちの訓練やフォローに時間を費やしている。対外情報室が誇る最強のスパイが、だ。

その現状を見ないフリして、甘えていた。

「け、けど……」リリィが反論する。「だからって、なんでアナタたちのボスに？」

「現状『灯』よりも『鳳』の方がずっとレベルが高い。もう示したはずだ」

昨夜の任務のことだろう。

ジビアとエルナが失敗した任務を、彼らは容易に達成してみせた。

「お前たちはあの程度の任務を失敗しただけでなく、一人が意識を失い、窮地に陥った。結果、わざわざ燎火が駆け付ける羽目になった。これが足手まといでなくてなんだ？」

エルナが苦しそうに、う、と呻《うめ》いた。

「対して俺たちは独力で達成した。これ以上に分かりやすい証明もない」

ジビアがすかさず「アンタ、最初からそれが狙いかよ」と声を張る。「何が、エルナの代役を果たす、だ。付け込むような真似《まね》しやがって」

「付け込まれるお前たちが悪い」

ヴィンドは顎を向けてきた。

「ガルガド帝国に情報が流出していないスパイで、今一番優れているのは俺たちだ。燎火

は『鳳』と組んだ方が国にとって有益――それだけの単純な話だ」

「あ、あの」

少女たちの背後にいたキュールもまた声をあげた。

「これは、決して悪い話じゃないと思うの。『灯』は一旦前線を退いたらどうかな？　今のアナタたちは成長したとはいえ、不安定すぎる。危なっかしいよ」

だから、と彼女は続ける。

「――養成学校に戻ったらどうかな？」

まるで労《いた》わるような声だった。

敵対感情はない。あくまで私情を抜きにした判断だと言い張るように。

その態度に、少女たちの身体《からだ》はカッと熱くなる。何が成長だ。キュールは決して自分たちを対等には見ていないのだ。優越感に浸りながら、賛辞の言葉を送ってきたのだろう。聞き分けのない子どもを諭すような瞳が、少女たちの神経を逆撫《さかな》でした。

「せ、先生はどう思っているんですか？」

リリィが話を展開させた。

「こんなムチャクチャな話を受け入れたんですかっ？」

ヴィンドたちが語っている間、クラウスはずっと黙ったまま聞いていた。

少女たちは期待する。彼ならば、ヴィンドたちの提案を否定し、自分たちのボスになると宣言してくれるだろう、と。

「少なくとも」しかしクラウスの表情は硬かった。「僕は承諾した」

「――っ！」

「実際、正論だ。現状、僕が『鳳』のボスになるのが最善の選択だろう。最も優秀なボスと部下が手を組み、任務をこなす。それが祖国のためだ」

クラウスは今までにない、暗く濁った瞳をしていた。

「そして、ボスを失ったお前たちは一度、養成学校に戻るのもいいだろう」

氷のように冷たい言葉。

冷気が背筋を伝うような感覚を味わう。

彼の態度は――スパイとしての冷徹な判断を尊重していた。

「既に対価も受け取っている。ヴィンドから『灯』に不足している技術を教えてもらった。とても興味深い話だったよ。去り行く僕がお前たちに授ける最後の餞《はなむけ》だ」

「そういうことだ」

ヴィンドは小さく頷いた。

「もう交渉は終わっている。不満があるなら論理的で合理的で、俺たちが納得できる言葉

で説明しろ。スパイとしての言葉を吐け」

ヴィンドは睨《にら》みを利《き》かせてきた。

「言えないなら寄越せ――お前たちのボスを」

「…………っ」

ジビアたちは息を呑む。すぐに言葉が出てこなかった。

ヴィンドを言い負かしたい感情が空回りして、ただ頭が熱くなるばかり。

――何を伝えればいい？

自分たちとクラウスは相性がいい？　いや、そんなものは客観的に示せないし、『鳳』との相性がいい可能性を否定できない。過去に不可能任務を達成した実績？　しかし、この三か月間は失敗続きで、クラウスの足を引っ張っていた。モニカやグレーテという優秀なメンバーの存在？　それも悪手だ。モニカとグレーテごと『鳳』に移籍するだけだ。

スパイとしての言葉が出てこない。

だが、このままでは『灯』は崩壊する。

――クラウスが『灯』を去り、自分たちは養成学校に戻り、離れ離れになる。

そんな未来を想像すると、心に穴が開いたような哀しみに駆られる。

だが、反論できるアイデアは出てこず、ジビアたちは口をモゴモゴと動かすだけ。

ヴィンドはつまらなそうに言った。

「反論はなさそうだな。なら、このまま上に進言して――」

「あるわ」

よく通る声が割って入った。

「随分勝手に話を進めてくれるじゃない？　せっかちな男は好みじゃないんだけど」

ティアが不敵な笑みを浮かべている。

彼女は自身の髪を払い、リリィを押し分け一歩前へ進んだ。

「ふぅん」ヴィンドは顎をあげた。「何が言いたい？」

「アナタが好きなとても合理的な、スパイの話よ」

「なんだ？」

「弁解はないわ。先生はあげる――『鳳』のボスにしていいわ」

その場にいる少女は目を剝《む》いた。

ヴィンドが怪訝《けげん》そうに眉をひそめた。

「やけに物分かりがいいな。何か含みがあるようだが」

「含みなんてないわよ」ティアは穏やかに微笑《ほほえ》んだ。「ただ、引き継ぎはどうする気？」

「引き継ぎ？」

「ええ、そうよ。ジビア、リリィ、昨晩の紙を出しなさい」

最初ジビアはなんのことか分からなかったが、ポケットに手を入れてようやく思い出した。リリィもつられたように紙を取り出した。

ティアはそれを取りまとめると、ヴィンドに手渡した。

「これが昨晩、先生から二人に届けられた指示書よ」

「……指示書？」

「これを見れば、アナタだって引き継ぎが必要なことがわかるでしょう？」

そこに書かれているのは奇怪なアドバイスだ。

──『月にかかる虹のように盗め』『満月のように丸ごとの自分で』

「…………………………は？」

ヴィンドが眉をひそめた。

紙を覗《のぞ》き込んだキュールも目を見開き「うわぁ」と呻く。

「先生って超がつくほど説明下手なのよ」と勝ち誇ったようにティアが告げる。

そう、クラウスはスパイに関する技術などを伝えることが不得手なのだ。もちろん具体的な任務の指揮も、彼は行うことができない。

「だから引き継ぎが必要と思うのだけれど、どうかしら？」とティアは笑顔で尋ねる。

ヴィンドが指示書を握り、無言のまま振り返った。

「……燎火、これは本当にアンタが書いたのか？」

「その通りだ」

「ポエムか？」

「僕が彼女たちに送ったアドバイスだ」

「わざわざ暗号にした意味はなんだ？」

「暗号ではないのだが」

「……………………………」

これればかりはヴィンドに同情せざるをえなかった。予想外の出来事だろう。

ティアは優しく諭すように述べた。

「世界最強のスパイの下で動くのはコツがいるわ。どう？　その引き継ぎとして、この任務が終わるまでは一緒に行動するっていうのは」

あくまで相手を気遣うような言い方だ。

ヴィンドは考え込むように黙り込んだ。硬い表情のままクラウスと指示書へ交互に視線を送り、静かに息を吐き、舌打ちをする。

「……わかった。お前の提案を認めてやる」

「えぇ。丁寧に教えてあげる」

「俺たちのために励め」ヴィンドは言う。「どうせ任務を達成するまでの短い期間だ」

挑発的な物言いに、ティアの目元が僅かに動いた。

けれど、それだけだ。友好的な立場であることは崩さない。

ヴィンドは「話は終わりだな」と吐き捨て、書斎の外へ歩き出す。途中ジビアやリリィとも視線を激しくぶつけ合った。

一歩遅れてキュールが「あの、本当に悪く思わないでね？」と述べて退室していく。

「ねぇ、一つ確認していいかしら？」

ティアが声をかける。

「ん？」とヴィンドが立ち止まる。「なんだ？」

「ちょっとしたことよ。ねぇ、もし引き継ぎ期間中に『灯』が『鳳』より上と示すことがあったら、この話はなかったことになるのよね？　話の前提が崩れてしまうもの」

「杞憂《きゆう》だな。ありえない、万が一にも」

最後に言葉をぶつけあい、ヴィンドとキュールは別荘から出ていく。

玄関の扉が閉まる音がやけに大きく響いた。

「…………………………………………………」

………「二」

少女たちはしばらく口を開けなかった。

ティアとヴィンドの間で交わされた言葉の意味を、ゆっくりと消化する。

やがてティアは大きく息をつき、微笑んだ。

「――こんなとこ？　構わないわよね、先生」

「その通りだ、ティア――極上だ」

少女たちはワッと沸いたように「ティアあああああっ！」と駆け寄り、その身体に飛びついた。リリィが首に抱き着き、ジビアが肩を叩《たた》いた。エルナとアネットは彼女の腹にぐりぐりと頭を押し付ける。

ファインプレーだった。

首の皮一枚、繋《つな》がった感覚だ。この場でクラウスを失うという最悪な結末を回避し、時間稼ぎができたのだ。

交渉の基本――相手を言い負かすのではなく、妥協点を提示すること。

それを見事にティアはやってのけた。クラウスはまだ『灯』のボスだ。

クラウスが手を叩いた。

「よく動いてくれた。引き継ぎの件は、僕から持ち出すのは不自然だからな」

「言ったでしょう？　私はアナタのパートナーになるって」

くすぐったそうにティアが告げる。

「これくらい阿吽《あうん》の呼吸でいられないと、アナタの横にはいられないもの」

その後しばらく少女たちは、ティアの身体《からだ》を触り続けた。調子にのったリリィとアネットがなぜか脇をくすぐり、ティアを困らせている。

一通りの祝杯ムードを味わったあとで、ジビアが顔をあげた。

「け、けど」

ジビアはクラウスの方へ視線を向けた。

「なぁ、アンタはどう思っているんだ？　本当に『鳳』に行く気なのか？」

他の少女たちも、あ、と口にして、バカ騒ぎを止《や》める。

そう、差し迫った問題を先延ばしにできただけで、何も解決していない。

「……そうだな、僕はスパイだからな」

クラウスは頷《うなず》いた。

「『焔』が愛した国を守る責務が僕にはある。もしそれが最善と判断されたならば、僕は私情を切り捨て、『鳳』のボスになる。そして、その場合、ボスを失ったお前たちは養成学校に戻るのがいいだろう」

「の……」ジビアの隣で、エルナが顔を俯《うつむ》けさせた。

彼女の気持ちは痛いほど理解できる。

甘えた考えとは分かっていても、受け止めきれなかった。

考えたくもない。クラウスが自分たちのもとを離れ、チームがバラバラになる可能性なんて。

引き留める言葉を吐きたくなるが――。

「だが忘れるな。僕が最初に選んだのは、『鳳』の連中じゃない。お前たちだ」

クラウスは強い口調で言い切った。

「お前たちを鍛え上げたのは、僕自身だ。どこぞの知らない連中に劣るのか？　そんな訳がないだろう。なら、その真実を示すだけだ。『鳳』なぞ成長の踏み台にしてやれ」

ハッとし、ジビアは自らの考えを改める。

そう、最悪の未来を回避する手段は残されている。

引き継ぎ期間中に証明すればいい――クラウスの隣に相応《ふさわ》しいのは自分たちであると！

「当然っじゃないですか！」

どこか楽しそうに発言したのはリリィだった。

「燃えてきましたよ。最強無敵の落ちこぼれ、リリィちゃんの覚醒の時です！」

ジビアもすぐさまに拳を握りしめる。

「おぅ！　あたしだって負けっぱなしじゃいられねぇよ！」

ジビアとリリィが拳をぶつけ合わせ、他の少女も後に続く。

「俺様、兄貴に試したいイタズラはまだ山ほどありますっ」

「や、やってやるの！　エルナからせんせいを奪おうなんて、そうはいかないの！」

ティアが「先生は、安心しなさい」と胸に手を当てて微笑んだ。

「『鳳』を超えてみせるわ。ふふっ、先生だって私と離れるのは嫌でしょう？　この魅力的な身体に惚《ほ》れ込んで、私とグレーテをベッドに誘う算段を――」

「そのセクハラ発言がなければ、お前はマシなんだがな」

「なんでよっ⁉」

「だが、その意気だ。揺るぎない反骨精神が、お前たちのまず一つ目の武器だ」

彼の言う通りだ、と少女たちは思った。

負けられない。自分たちには意地がある。クラウスを失う訳にはいかない。養成学校になど戻ってたまるか。

勝ってみせる。

たとえ相手が養成学校のエリートたちであろうとも。

「そしてお前たちが『鳳』に勝利するための情報は、今しがた聞き出した」

クラウスが強い口調で告げた。

「詐術――スパイの闘い方《スタイル》。お前たちが到達できなかった、養成学校の最終講義だ」

2章　詐術

ディン共和国の諜報《ちょうほう》機関・対外情報室によるスパイ養成学校は二十七か所存在する。

生徒数は一校につき百人強。年齢は幅広く、八歳から二十二歳まで在籍する。

入学条件は、全国各地に散らばるスカウトやスパイの推薦だ。彼らに見込まれた子どもは、戸籍を捨て、世俗から隔離された環境で寮生活を送り始める。

卒業する条件は、年に二回行われる卒業試験に合格すること。

多くは卒業まで六年かかるが、そこまで辿《たど》り着ける生徒はごく僅かだ。生徒の八割は、定期試験の成績不良により退学を言い渡される。

多くの退学者を出す要因は、授業範囲の広さのせいだ。

スパイとして学ぶべき基礎を一気に詰め込むことを求められる。

数か国語の言語の習得は、当然。どこにでも潜入できる身体能力、誰とでも交われる会話術や演技力、暗殺用の射撃技術や格闘術、挙げればキリがない。

月曜日の朝から水曜日の昼までは、野外訓練。生徒は山奥に放置されて、夜を徹して何

十キロもの歩行を強いられる。木曜日と金曜日は語学と教養の座学が続き、土曜日は料理やダンスなどの特殊講義。日曜日には死んだように眠る生徒がほとんどだ。

地獄のようなカリキュラムに生徒の身心は削られ、十分の一は半年で脱走する。残った生徒も定期試験のボーダーを超えられず、次々と退学する。

そんな過酷な養成学校の中で、対照的なルートでスパイになった者たちがいた。

『鳳《おおとり》』のメンバーは最初から優秀だった――代表的なのは『飛禽《ひきん》』のヴィンド。

彼が養成学校に入ったのは十八歳の頃だ。海軍情報部に所属していた彼は、抜群の成果を収めており、対外情報室のとある重鎮の目に留まった。彼は海軍を抜け、対外情報室の養成学校に入る。定期試験は難なく突破し、入学から僅か一年で卒業試験を受ける決意をする。そして各校の上位層が集まる卒業試験で、見事1位合格を成し遂げた。

磨き上げた才能と努力によって、順当なルートでスパイの世界へ。

『鳳』のメンバーの多くは、それと似たコースを辿っている。

一方的で『灯《ともしび》』は特殊である――代表的なのは『花園《はなぞの》』のリリィ。

彼女が養成学校に入ったのは、九歳とかなり若い頃だ。毒物に耐性のある彼女は最初こ

その期待されていたが、ドジという致命的な短所があった。筆記試験の成績は優れている一方、実技試験では酷《ひど》い成績を取り続けていた。勤勉な訓練態度と特異体質という可能性を認められなければ、すぐにでも退学になっていた。

そんなリリィと似たような生活を送ってきた少女は他にもいる。

『愛娘《まなむすめ》』のグレーテは、優れた変装技術がありながら、男性に対する恐怖心を抱え、その特技を活《い》かしきれなかった。精神的な不調も多く、体調を崩しがちだった。

『草原《そうげん》』のサラは調教技術はあれど、スパイの資質はほとんどなかった。臆病で判断も遅く、一年目は温情で退学にされなかったが、二年目には退学が半ば確定していた。

『百鬼《ひゃっき》』のジビアは、優れた身体能力こそあれど、筆記試験で躓《つまず》きがちだった。また傷害事件を起こし、周囲との連携が取れずに落ちこぼれていった。

『忘我《ぼうが》』のアネットは一切規律を守れず、『夢語《ゆめがたり》』のティアは独自に取り組んでいた房中術の訓練が教官からの反感を買い、『氷刃《ひょうじん》』のモニカはある挫折から訓練に手を抜き始め、『愚人《ぐじん》』のエルナはコミュニケーションに失敗し孤立した。

退学スレスレの彼女たちは、やがてクラウスの目に留まり『灯』に集う。

『鳳』と『灯』——対照的な二つのチームが今、龍沖《ロンチョン》でぶつかり合おうとしていた。

◇◇◇

『鳳』の拠点は、龍沖本土の繁華街にあった。

発展を続ける龍沖では、人口増加に伴い、大型マンションの建設が続いている。

一階部分は飲食店のテナントがあり、その上に部屋を積み重ね、壁の至るところから歯医者や漢方の広告が突き出した歪《いびつ》な建物だ。

その一部屋を『鳳』は借り上げている。男女六人でワンルームという窮屈な生活であるが、頻繁に外出する六人が一堂に揃《そろ》うことはなく、さほど不便でもなかった。

ヴィンドとキュールがマンションに戻ってきた時も、部屋に人影はなかった。

彼は到着するなり、壁を強く殴りつけた。床に置かれたビール瓶が震動で倒れる。

「……燎火《かがりび》め」と小さく舌打ちをする。

えっ、とキュールが驚く。

彼女の目から見て、ヴィンドがここまで怒りを露《あら》わにするのは初めてだった。

「何かされたの？　クラウス先生に」

「あの男、俺たちをダシに部下を鍛える気だ」

ヴィンドは二段ベッドの一段目に腰を下ろした。

「最初から利用する気だったんだろう。あの男は俺の要求を呑《の》む条件として『「灯」には未習得の技術があるはずだから教えてくれ』と持ち掛けてきた。嘘《うそ》が通じる相手じゃない。正直に明かしてやったら、次は引き継ぎ期間ときた」

「……っ」

「舐《な》めた真似《まね》をしてくれる。ここまで虚仮《こけ》にされたのは久しぶりだ」

「さすがに一筋縄ではいかないか」

うまくいったように見えた駆け引きの裏では、そんなやり取りがあったらしい。

優しそうな顔をしていたが、クラウスはかなり強《したた》かな性格のようだ。

「大丈夫かな？　約束を反故《ほご》にされない？」

「さすがにそれはないだろう。『鳳』が『灯』より上と証明した状況で、あの男が私情を優先し『灯』に残るなんて無様は晒《さら》さないはずだ」

「じゃあ、ワタシたち『鳳』がやることは――」

「何も変わらない。『鳳』が『灯』より上だと証明する。それだけだ」

情報の整理が終わると、ヴィンドは「……とりあえず寝るか」と呟《つぶや》き、冷蔵庫から瓶ビールを取り出した。誰かの食べかけの小籠包《ショウロンポウ》を齧《かじ》り、ビールで流し込む。

簡単な食事を終えると、そのままヴィンドは服を脱ぎ出した。

キュールはグラスで葡萄《ぶどう》ジュースを飲みつつ「ワタシがいるんだけど」と白い目を向けるが、彼は「いい加減、慣れろ」と一切構わず、上着を洗濯籠に放り投げた。

キュールは、男はどうしてこうも雑なのか、と呻《うめ》き、ちびちびと葡萄ジュースを飲む。

「起きたら動き始めるぞ」

上半身を晒したままヴィンドが告げてくる。

「任務と並行して『灯』の情報を集める。他の連中にも伝えろ。徹底的にやれ、と」

「……もっと穏やかにやれない？　そこまで本気でやる必要あるかなぁ」

「油断するな。あの体《てい》たらくでも不可能任務を達成した連中だ。理由があるはずだ」

ヴィンドが指の関節を鳴らした。

「容赦はしない――『灯』は確実に潰す」

「…………………」

強い執着があるな、とキュールは見抜いていた。

もちろん『鳳』のボス不在という問題は、キュールもどうにかしたい。

エリートとはいえ、自分たちは新人なのだ。経験豊富な人物が上に欲しい。

だが、ヴィンドはそれ以上の感情を見せている。

——何がなんでも『燎火』を手に入れたいような。

その理由は、まだキュールにも明かしていない気がする。

尋ねようと思ったが、既にヴィンドは布団に潜っていた。

◇◇◇

龍沖にマンションを借りているのは、『鳳』だけではなかった。

やはりこれも小さめのワンルーム。それでも『鳳』の部屋より広く感じられるのは、住人である蒼銀髪《あおぎんぱつ》の少女が几帳面《きちょうめん》に片付けをしているせいだ。

朝日の差し込む部屋では、三人の少女たちが食事を摂《と》っている。

龍沖の文化とは離れた、パスタだ。

蒼銀髪の少女はいかなる勤務地であろうと、食事を変えない。こだわりが強く、同居人の茶髪の少女が柔軟な思考の持ち主でなければ、生活はすぐに破綻するだろう。

少女たちは円形テーブルの席についていた。

「『鳳』？ なんでボクがいないとこで勝手に話が進んでいるかなぁ」

不満そうに主張するのは蒼銀髪の少女——『氷刃』のモニカ。

中肉中背で、いかなる外見の特徴をも消したような少女である。唯一特徴的なのは、右目を隠すようなアシメントリーな髪型だけだ。

「養成学校の成績優秀者たち……うぅ。自分も、苦手意識があるっすよぅ」

そして不安そうに頭を抱えるのは、『草原』のサラ。

深く被《かぶ》ったキャスケット帽から、パーマ気味の茶髪と小動物のような瞳を覗《のぞ》かせる少女である。

「はい、思わぬ展開になりましたね……」

憂鬱そうに呟くのは赤髪の少女、『愛娘』のグレーテだ。

雑に触れたら折れてしまうと感じさせるほど四肢が細い、ガラス細工のような儚《はかな》さを纏《まと》う、ボブカットの少女だ。

この三名は別任務に励んでいたため、『鳳』の存在を聞かされていなかった。今しがた無線で、クラウスを懸けたバトルを知らされ、面食らっている状況である。

誰よりも思いつめた表情をするのは、グレーテだ。

「まさかボスを狙う方が現れるなんて……ボスの魅力を考えれば必然ですが……」

彼女がクラウスに恋心を抱いているのは、周知の事実である。

モニカが嘲笑《あざわら》うように手を振った。

「ま、相手の言い分は正論でしょ。実際、『灯』がクラウスさんの足を引っ張っているのは間違いないしね」

モニカに促されて、グレーテは「それはそうなのですが」と口にする。「ただ、困ります……ボスと交友を深めるプランは、まだ最初の段階も達成していないのに……」

「一応聞くけど、最初のステップは？」

「ベッドインです」

「そのプランは誰が考えた？」

「ティア師匠ですね」

「今度こそぶん殴るわ、アイツ」

モニカが指をこきこきと鳴らし始め、サラが「ま、まずはグレーテ先輩の洗脳を解くのが先っす！」と慌てて諌《いさ》める。ぶん殴る件には特に言及はない。

普段通りのやり取りを重ねたところで、グレーテが話をまとめる。

「……とりあえず一度ボスの拠点に向かい、状況を確認しましょうか」

「それがいいね」「了解っす」

方針が決まり、少女たちは食事を済ませると外出した。

三人は龍沖では、中々クラウスがいる拠点に行けないでいた。潜入中のスパイがあまり

一か所に集うべきでないし、他班のサポートで多忙だったのだ。

グレーテは久しぶりにクラウスと会えるとあって、ニコニコとしている。

三人で街を歩く途中、モニカが「どうせなら賭けでもする?」と持ち掛けた。

「予想しようよ。今、アイツらがどう過ごしているか。夜食の氷菓子を賭けて」

「好きっすねぇ、勝負事」

サラがおかしそうに口元に手を当てた。

「自分は訓練だと思うっす。『鳳』さんに負けないよう、頑張り時っすよ」

「そう? ボクは、トラウマ掘り返されて寝込んでいると思うけどね」

「……でしたら、わたくしは早速妨害工作に励んでいると予想します。ボスを狙う輩《やから》が現れたのです。なんとしてでも邪魔したい一心でしょう」

三者三様の予想を立てて、クラウスが滞在する別荘に辿《たど》り着く。

この時間帯ならば他の少女もいるだろうと考える。『灯』のメンバーが全員集合するのは、実に二週間ぶりの出来事だ。

モニカは、エントランスドアに取り付けられたノッカーを鳴らした。

しかし中から誰も出てこない。

再度鳴らしても結果は同じ。カンカン、と高い音が虚《むな》しく響くだけだ。

「うううううううううぅぅぅうううううぅぅぅぅぅううう」

動物のような唸《うな》り声が内部から聞こえてくる。

「ん？」とモニカが首をひねり、ドアノブを回した。鍵は開いていた。

玄関正面にあるリビングには、五人の少女が床に転がっていた。


「うううううぅぅぅぅぅぅぅう」と床で唸るリリィ。

「ぐがあぁ！　あああああ！」と叫びながら床を殴り続けるジビア。

「男の指が少女の未熟な果実に触れた時、淫《みだ》らな声を堪《こら》えることができず彼女は――」と官能小説を音読するティア。

「俺様ぁ……眠くなりましたぁ……」と熟睡するアネット。

「エルナは可愛《かわい》いの♪　ふふっ、きらきらなのぉ」と謎の笑顔を振りまくエルナ。


かなりカオスな光景だった。

「「「なにこれ？」」」

セリフは一致した。全員が予想を外していた。

呆然《ぼうぜん》としていると、「の、のぉ、エルナはプリティなのぉ……」とエルナが呻きながら、

歩いてきた。顔が真っ白になっており、目の焦点も合っていない。その場をくるりくるりと二度ほど回転し、コテッと横に転ぶ。

サラが慌てて「危ないっす！」と彼女を抱きとめた。

エルナはサラの腕の中で「のおぉぉ」と唸り声をあげている。異常事態だ。

モニカが眉をひそめる。「なにやってんの？」

するとエルナが真っ青な唇を震わせつつ、答えてくれた。

「さ、詐術を身に着けようとしているの……」

「「「詐術？」」」と三人はそのままの言葉を繰り返した。

やはりそれは『灯』の誰にとっても未知の概念だった。

◇◇◇

モニカはリビングに転がるメンバーに水をかけ、状況報告をさせた。

詐術――それはクラウスがヴィンドから聞き出した概念だという。

『正直、僕は今までこんな考え方があるとは知らなかった。養成学校で生まれた考え方だ

ろう。だから僕が今から語るのは、ほとんどヴィンドの説明そのままだ』

彼は五人の少女たちの前で講義をしたらしい。

『まず、詐術とは、養成学校の卒業間際《まぎわ》の生徒のみが習う概念だ。ある程度の技術がないと習う意味がないからな』

『卒業間際……あぁ。だから、わたしたちは知らないんですね』

リリィが口を挟んだ。

どうやら『灯』のメンバーは全員、この講義に辿り着けなかったらしい。卒業試験の大分手前で躓《つまず》いていた人間ばかりだ。詐術を習う前に『灯』へ導かれたのだろう。

『なんだか凄《すご》そうですね。奥義《おうぎ》！　って感じですか？』

『そんな難しい話じゃない。詐術とは、要は騙《だま》し方のことだ』

クラウスは少女たちに視線を投げかけた。

『これまでお前たちはどうやって敵を騙してきた？』

思わぬ問いに、戸惑いの色を浮かべる少女たち。

『……適当です』とリリィ。

『なるようになれって感じだった』とジビア。

『俺様、上手な嘘《うそ》をついただけですっ』とアネット。

『お前たちも説明下手なんだな』

クラウスが呆《あき》れたように息をついた。

ティアが『誰かさんの影響かしらね』とコメントする。

『だが、それが普通だろう。僕自身、騙し方なんて考えたことはない。なんとなくだ』

その言葉に少女たちも同意した。

騙し方なんて問われても語れることは何もない。

『だが、人を騙すと一口に言っても種類がある。演技で騙す、盗んで騙す、道具で騙す、隠れて騙す、事実しか話さずに騙す、物に細工して騙す、知らないフリをして騙す、色香で惑わせて騙す――挙げればキリがないな』

言われてみれば、とティアが呟《つぶや》く。

これまで少女たちは何度もクラウスを騙しにかかっているが、そのパターンは多岐にわたる。細かく分類していけば、百以上の種類に分別できるはずだ。

『では、次の質問だ』

クラウスは人差し指を立てて、言った。

『お前たちがもっとも実力を発揮できる騙し方はなんだ？』

『『『…………………………』』』

少女たちはすぐに答えられなかった。

『言えないか？』クラウスが語り続ける。『だが、あるはずだ。ピンチの場で自分が頼る得意な騙し方。あるいは、自分の長所と結びつけられる騙し方が』

クラウスの声に熱が籠り始める。

話の核心に迫ってきているらしい。

『もしかして詐術っていうのは――』

ジビアが口にする。

『そう』クラウスは頷《うなず》いた。『詐術とは――自分の特技ともっとも相性がいい騙し方だ』

とても単純な発想だった。

少女たちには誰にも負けない特技がある。一芸特化集団と言えるくらいに。毒、窃盗、変装、交渉、調教、工作、事故。だが、彼女たちはそれをうまく扱えているとは言い難《がた》い。

例えばリリィは何度もクラウスに毒ガスをぶつけているが、避けられ続けている。

特技と騙しを掛け合わせる。

もちろん無意識に合わせていることもあるが、強く意識したことはなかった。

『具体例をあげよう』クラウスが呟く。『例えば、ヴィンドの詐術について』

少女たちは、お、と呟き、前のめりになった。

ヴィンドのスパイとしての強さは、二度も痛感している。その場にいなかった少女でさえ、実力を認めざるをえない程に。

クラウスは手元の紙に、方程式のようなものを書き記した。

『「ナイフ術」×「負けたフリ」――反撃瞬殺』

『…………』

『これがヴィンドの強さのカラクリだ』

少女たちはその式を凝視した。

リリィが小さく手を挙げる。

『負けたフリっていうのが、ヴィンドさんの詐術なんですか？』

『そうらしい。本人が語っていた』

クラウスは告げる。

『シンプルではあるが強力だ。ナイフ術という特技を活《い》かすには、まず敵に接近する必要がある。それを支えるのは、巧みな演技だ。敗北を演じて近づき、バネのような跳躍力で一瞬のうちに敵を倒す。これでアイツは多くの任務を達成している』

ジビアとリリィはその現場を目撃しているため、理解できた。

洗練されていた。

実際、ヴィンドの罠《わな》に嵌《は》められた敵は何もできなかった。負傷しているはずのヴィンドから奇襲を受け、パニックになり、なすすべなくナイフの餌食《えじき》となっていった。

『お前たちはスパイのスタートラインに立ったばかりだ』

クラウスは告げた。

『依然として実力不足。磨き上げた特技を百パーセントの力でぶつけても敵に勝れないことも多いだろう。だが、それでも勝とうと願うならば、嘘を駆使し、三百パーセントの力を発揮できる状況に持ち込むしかない』

その通りだ。実力の向上を図るには、ただ待ってはいられない。

特技は武器だ。少女たちが人生で会得《えとく》し、クラウスとの訓練で磨き上げた力。

そして今必要なのは、その武器を発揮する——闘い方！

呼吸を止めて聞き入る少女に、クラウスは最後に力強く言った。

『自分が最高に輝く騙し方を見つけだせ——そうすれば、お前たちは飛躍できる』

それで講義は終わったらしい。

しばらくクラウスと少女たちが見つめ合う、奇妙な時間が流れた。

『…………………………』

『『『『…………………………』』』』

『…………』

『『『『『…………』』』』』

『…………』

『『『『『…………』』』』』

『…………』

『『『『『…………』』』』』

『…………』

『『『『『…………』』』』』

『…………と語ってみたが』

クラウスが感慨深そうに呟く。

『僕は今感動している。初めて教師っぽい講義ができたぞ。なんだか嬉《うれ》しいな』

『わたしたちもそう思っているところです！』

リリィが怒鳴る。

そこには、ヴィンドの言葉をそのまま伝えただけで誇るクラウスの姿があった。

◇◇◇

「自分が輝く騙し方っすか……」

長い説明が語られた後、サラが口にする。

「確かにしっかり考えたことはなかったっすね……」

リビングの革張りのソファに、八人の少女が腰をかけていた。久しぶりの集合であったが、楽しいムードとは言えなかった。彼女たちの顔には濃い疲労が滲《にじ》んでいる。

『灯』を次の段階へ引き上げる概念――詐術。

（自分たちは学ぶ前に卒業してしまったんすね……）

そうサラは納得する。

クラウスが知らなかったところを見るに、養成学校で生まれた考え方なのだろう。そして、彼はほとんど無意識に習得していたようだ。

「なるほど、悪くない発想だね」

モニカもまたコメントする。

「騙し方がワンパターン化する懸念《けねん》はあるけど、何も型がないのも問題か。これまで特技

をぶっ放すだけの連中が多かったのも事実だしね。そろそろ見つめ直すべきか」

冷静に分析したあとで、視線を向ける。

「で？　リビングで呻《うめ》いていたのはなんでなのさ？」

「詐術が分からないからですよぅ！」

リリィがソファを叩《たた》いた。

「自分に合った騙し方って言われても！　今まで考えたこともなかったので、もう迷走しまくっていて……思いついたアイデアはあるんですが」

「例えば？」

「『毒』×『隠密《おんみつ》』！　物陰に潜み、相手の意表をついて毒を散布、みたいな」

「ダメ。キミ、じっとするのが苦手でしょ？」

「『毒』×『泣き真似《まね》』！　子どものように泣き、相手が油断した時に毒針、みたいな」

「センスなさすぎ」

「言葉の暴力はやめてください！」

リリィが悲鳴を上げて、床に倒れる。そして小声で「自分でもダメなのは分かっていますよぉ」と泣き言を口にした。

リリィたちが苦悩していたのは、どんな詐術が自分たちに相応《ふさわ》しいのか、という問いだ。

詐術の概念を理解しても、どう磨くのかは自分たちで決めなければならない。

これまで考えてこなかった少女たちには、かなりの難題だった。

「『鳳』との争いまで、あまり猶予はないわ」

ティアが解説した。

「後で詳しく説明するけど、『鳳』とは機密文書を奪い合うことになる。先に手に入れた方が優秀なチームという訳ね。その争いが始まるまで後一週間しかない」

「それまでに詐術を習得しろと？」

「でないと『灯』は負けるわ。先生を失い、私たちは養成学校に戻ることになる」

ティアが危機感を持った声で伝える。

現状、ヴィンド一人に『灯』は三人がかりで負けている。

更に『鳳』には、キュール含めて残り五名のエリートがいるのだ。

リビングは重苦しい空気で満たされていた。何を言わずとも、メンバーは焦燥を共有する。迫る『敗北』の二文字に唾を呑む。

「エルナも困っているの……」

隣に座るエルナがサラに泣き言を零した。

「喋《しゃべ》って騙《だま》すのは得意ではないし、自分に合った騙し方なんて見つけられないの」

サラは「そうっすね……」と呟き、その頭を撫《な》でてやった。

ちなみに、エルナが練習していたのは、『事故』×『ぶりっ子』らしい。可愛《かわい》らしくターゲットに近づき事故に嵌める、という発想だ。発案者はティアだった。彼女には向かない騙し方の練習をしているあたり、仲間たちの迷走具合が窺《うかが》える。

「………エルナは特に頑張らないといけないのに」

「ん？」

その呟《つぶや》きをハッキリ聞き取れなくて、サラは首をかしげる。

どういう意味か。

聞き返そうとしたところで、アネットが「俺様も撫でてくださいっ」と頭を差し出してきたので、タイミングを逃してしまう。「はいはいっす」とアネットの頭も撫でていると、エルナは目を閉じてしまった。

そこでモニカが立ち上がり「サラ、そろそろ行こうか」と声をかけてきた。

サラはエルナとアネットを同時に撫でる手を止めないまま、尋ねる。

「えっ、どこへ行くんすか？　もう少し頭を撫でていたいんですが……」

「……キミって、本当にそのガキ二人の保護者だよね」

「癒《いや》されるっすよ？　モニカ先輩もどうです？」

「あのさ、それより優先の日課があるでしょ？　特に『鳳』との争いもあるんだから」

モニカは呆《あき》れ声を発した。

「キミの特訓だよ」

◇◇◇

モニカがサラに訓練を施し始めたのは、ミータリオでの任務以降である。

キッカケは、ミランダという『紫蟻《むらさきあり》』の手下とのダーツ対決だ。サラ自身は良いサポートができたとは思えないのだが、モニカには認められたらしい。

ディン共和国に帰国してから、彼女は手解《てほど》きをしてくれるようになった。

『このチームのメンバーって、ガキかバカかの二択じゃん？　キミにはもっと頑張ってもらわないと困るんだよね。クラウスさんはロクに教えられないしさぁ』

モニカはよくそう愚痴を吐いている。

その説明に色々思うところはあるが、サラも断りはしなかった。自分に不足しているものを教えてくれる存在は必要だ。相手が実力者であるモニカというのも嬉しい。

だが、始まったのは超スパルタだ。

走り込みは毎日行われるし、一週間で五冊もの本を暗記するよう命令される。「無理っす」と何度も叫ぶが、モニカも同量の訓練を行っているので文句も言えない。

最も過酷なのは、モニカ直伝の戦闘訓練。

潜伏しているマンションの屋上で行われた訓練は、サラがモニカに豪快に投げ飛ばされて終了した。

「お疲れ。そんじゃ、そろそろ任務に出ようか」

「無理……無理っす……も、もう立ち上がれないっす………」

サラは寝転がったまま、弱音を吐いた。

任務の直前だろうと、モニカは一切手を緩めない。

「あ、そう」と彼女は淡々とコメントし「じゃあ、五分だけ休憩ね」と伝えてきた。

鬼教官である。

だがモニカの指導はどれも正確で的を射ていた。自由放任主義で褒めて伸ばすタイプのクラウスとは違い、モニカの指導は厳しいが具体的でタメになる。

「訓練を始めて、そろそろ三か月になるか」

モニカがレモン水が入った水筒を取り出し、サラに渡してくれた。サラは感謝と共に受け取り、喉を鳴らして飲んでいく。

「そ、そうっすね」

サラが水筒から口を離して、頷《うなず》いた。

「す、少しくらいは強くなれたっすかね？　皆さんの足を引っ張らないくらいには」

「全然ダメ」

「うう、容赦ないっす……」

「いくらキミの役割はサポートとはいえ、まだ頼りないかな。正直、キミとリリィは養成学校卒業レベルに至っているのかも疑問だしね」

「は、はい……」

手厳しい評価を告げられて、サラは肩を落とした。

そう、モニカは誰もが口にしないこともハッキリと伝える。

――『灯』ではサラが一番、実力不足だ。

もちろんメンバーには長所短所もあるため、一概に比べられないが、何か月も過ごせば次第に序列のようなものは浮かび上がってくる。『灯』最弱の少女はサラだ。

実際、サラはこれまで大した活躍をできていなかった。

他の少女たちの陰に隠れ、動物たちを使って手伝いをするのみだ。他の少女に比べ、活躍する場面は極わずか。

「ま、成長はしているさ。少なくともね」

モニカは淡々とコメントした。

「ただ、ボクが満足できる水準じゃない」

「は、はい……」

「この前、ボクが出した課題はどう？　うまく動物に調教できそう？」

「が、頑張っている最中っす。けれど、中々どうにも……」

「よろしく。アレをジョニーに身に付けさせれば、キミの戦略の幅が一気に広がるから。うまく仕込ませて。そうすれば大分マシになる。誰かで試してみたら？」

ジョニーとは、サラが飼っている仔犬《こいぬ》の名だ。モニカは彼にある芸を仕込むよう命令していた。モニカは訓練以外にも、サラに細かく指示を与えてくれる。

一見ぶっきらぼうに見えるが、モニカはかなり面倒見がよかった。

「まぁ、今はそれより詐術か。うーん、キミって嘘《うそ》をつくのが得意なタイプじゃないしね。キミの特技は『調教』か……なんだろ。何がいいのかな？」

自分自身のことを考えるように、彼女は腕を組んで悩みだした。自身の詐術よりも、まずサラの習得を優先させてくれるらしい。

しかしサラはうまく反応することができなかった。

「ほ、本当に大丈夫っすかね……？」声を震わせて告げる。

「ん？」

「いえ、不安になるんです……自分なんかが『鳳』に立ち向かえるのかなって……」

「もしかして」モニカが声のトーンを落とした。「ビビってる？」

サラは頷いた。

指先をもじもじと弄《いじ》りながら、口にする。

「や、やっぱり苦手意識があって……養成学校の頃、上の人たちって凄《すご》く輝いて見えたんですよ……オーラが違うというか、自分とは何もかもが違って、それが自分の中で、癒えない傷みたいにジクジク痛んでいて………」

養成学校での苦しい記憶は、脳裏に色濃く残っている。

サラの学校には、優れた技能を持つ生徒は数多くいた。

彼女が一冊、本を覚える頃には、優等生は十冊覚えていた。サラが必死で取り組んだ暗号翻訳を、優等生はその三分の一の時間で終わらせている。いまだサラは二十時間以上起きると意識がボーっとしてくるが、優等生は五十時間以上不眠で訓練を成し遂げる。

彼らを見て、サラは自身が落ちこぼれだと悟ったのだ。

そんな優等生の頂点にいる六名など、もはや別次元に思えてくる。

サラは指を何度も擦り合わせる。

「自分が輝く騙し方なんて言われても……想像もつかないっすよ……」

養成学校の卒業間際《まぎわ》の生徒だけに授けられる、最後の技能。

その大分手前で躓《つまず》いた自分に習得できるとも思えなかった。

「……キミは、まだ自分が凡人とでも思っているんだ」

モニカが何かを呟いた。

え、と顔をあげて、モニカを見つめる。

そして彼女が吐いた言葉が賛辞ではないと悟る。

その瞳には、蔑みの色が浮かんでいた。疲れたように眉を曲げ、髪をかき上げ、深い息をついた。そして、トントンと太ももを指で叩《たた》く。

「腹立つなぁ。まだその認識なのか。これだけボクが指導しているのに」

「え」

「まぁボクも『灯』に来た時は悩んでいたけどさ。でも、もうそれが許される段階じゃないじゃん？　世界最強を自負するクラウスさんが集め、認めたんだぜ？　ボクたちが凡人のはずがない。いや、そんなことは許されないんだ」

「……っ」

「そんなレベルなら『鳳』の要求は正当だよ。クラウスさんの部下に凡人は不要だ」

モニカは、サラの肩を指で弾いた。

「――キミはそろそろ自分が天才という自覚を持て」

サラは唾《の》を呑み込んだ。返事が出てこなかった。

自分の甘えた心を直接殴られているような心地だった。

「今日の任務は不参加でいい」モニカは告げた。「ボク一人で十分。引っ込んでいろよ」

「……っ」

モニカは一方的に告げて、屋上の出入り口の方へ歩いていく。

残されたサラは絶望した心地で、その背中を見送るしかなかった。

◇◇◇

サラはかなり大きく肩を落としていた。

(うぅ、モニカ先輩を怒らせてしまったっす……)

基本的にモニカとはうまくやれていたはずだが、とうとう愛想《あいそ》を尽かされてしまったのか。去り際に見せた彼女の軽蔑の眼差《まなざ》しが胸を抉《えぐ》る。

モニカの指摘は正しい。

自分には覚悟が足りていない。ティアやリリィのように、スパイという職業に強いポジティブな感情を抱いている訳でもない。自身が「天才だ」と信じることもできない。

（いや、そもそも自分には、スパイになりたい動機さえも……）

実力も足りていないのに、メンタルさえ惰弱。

冷静に振り返ると、見放されても当然か。

重い足取りのまま、とりあえず部屋に戻る。

部屋ではグレーテが資料の整理を行っていた。

壁に貼られたターゲットの写真を見つめ、情報を記している。彼女は顔をあげると、サラに「モニカさんから話を伺いました」と優しく言葉をかけてくれる。

「昼からの任務は、モニカさん一人でも行えるよう調整しておきます。サラさんは休暇を取ってください。ここ最近は休む時間もなかったと思いますので」

「はい。面目ないっす」

「……思いつめないでくださいね。モニカさんも疲れて、気が立っているだけでしょう」

慰めの言葉をかけられ、頭を下げるしかない。

そして、つい気になったことを尋ねてみた。

「あ、あの、グレーテ先輩は、自分自身を天才と思うっすか？」

「………？」

「あ、いえ、『鳳』の人たちと闘うことに、気後れはないのかなぁって」

彼女もまた養成学校の落ちこぼれだった過去があるはずだ。

そのコンプレックスにどう向き合っているのか、確認したかった。

「そうですね……」

グレーテは自身の口元に手で触れる。

「当然恐れがない訳ではありませんよ……養成学校には辛《つら》い思い出が多いです……」

「そ、そうっすよね」

「ただ、わたくしは『灯』に導かれ、ボスと出会えました。悩み苦しんだ日々も、途方に暮れて泣いた夜も、あの方は優しく見抜き、素晴らしい言葉を送ってくれた……」

「………」

「だから全身全霊で挑みます……ボスとの日々で培《つちか》った技術を見せつけるのみです」

堂々と答えてみせる彼女はとても眩《まぶ》しく見えた。

やっぱりグレーテ先輩には敵《かな》わないなぁ、と思ってしまう。

彼女はしっかりと自身に誇りを抱いている。

もちろん、サラも『――極上だ』というクラウスの言葉に励まされ、チーム内で多少の積極性を発揮するようになった。しかし、中々任務の場では堂々と動けない。

サラはグレーテにお礼を言って、部屋から出た。

休日を言い渡された以上、身を休めるしか他にない。

仲間の邪魔にならないよう外に出て、ペットたちと羽でも伸ばそう、と考える。確かエッグタルトなるスイーツがここ最近登場したらしい。食べたい。

つらつら休日の過ごし方を考えつつ、マンションの一階まで降りる。

すると、そこには思わぬ人物が立っていた。

「あれ、どうしたんすか？　エルナ先輩」

一階の共同の郵便受けの前に立っていたのは、エルナだった。サラたちが暮らしている部屋の番号を忘れてしまったのか、困ったように眉を曲げている。

「ん、サラお姉ちゃん、良いところにきたの！」

エルナがぱぁっと表情を明るくさせる。

「はい。自分に用っすか？」

そういえば、先ほども自分に用事があるように見えた。

エルナは飛び跳ねるようにサラのもとに近づくと、あの、と声をあげた。

「手伝ってほしいの。詐術を習得するために、どうしてもやりたいことがあるの」

「え、詐術っすか……それは良いっすけど、どうやって？」

「決まっているの。エルナたちの訓練方法はいつだって一つなの」

そしてエルナは声を張り上げる。

「せんせいに挑みたいの！　サラお姉ちゃんと一緒に！」

◇◇◇

クラウスに挑む――それは、もはや説明するまでもなく、彼女たちの訓練である。『灯』のボスである彼が、部下の少女たちに授けた訓練方法だ――僕を倒せ。

ここ最近は任務に忙しく、挑める機会は減っているが、それでも継続している。むしろ任務でうまく行えなかった技術を復習する意味でも、良い訓練となっていた。

サラはエルナに付き添うことにした。

別段断る理由もないのだ。用事が定まっていた訳ではない。

「でも、よかったの？　任務の方は……」とエルナが尋ねてきたので「は、はい。大丈夫っすよ」と笑ってごまかした。

モニカに任務から外されたとは、やはり説明しにくい。

少女たちが進んでいるのは、龍沖の中心から外れた大陸側の場所だった。

バスで一時間ほど移動して辿《たど》り着ける、龍華民国《りゅうかみんこく》の国境に近い街。龍沖の中心地とは違い、区画整理がされておらず、高さも幅も不均等な建物が並んでいる。漢字で記された看板が並び、乱雑ではあるが、住人のエネルギーを感じる街並みだった。

香辛料の匂いが充満し、サラの仔犬《こいぬ》が嫌そうに鼻をむずむず動かしている。

エルナいわく、クラウスはここで任務を果たしているらしい。

「せんせいの任務をこっそり見つつ、仕留める計画を練るの」

というのがエルナの説明。

そして、サラはクラウスを追跡するために駆り出されたらしい。

通常の方法でクラウスを尾行すると、絶対に気づかれてしまう。しかし、サラが飼う仔犬の嗅覚を用いれば、クラウスに気づかれない遠距離でも追跡が行えるのだ。

香辛料の香りで困っているようだが、仔犬は懸命にクラウスの足跡を辿っていた。

「でも気合いが入っているっすね」

仔犬の後に続きながら、サラは声をかけた。

「エルナ先輩も任務で忙しいのに、その合間を縫って訓練に励むなんて」

「それは……」エルナは深く頷《うなず》いた。「……当然なの」

「当然？」

「今回のトラブルは、元はといえば、エルナが紡績工場の任務を失敗したせいなの」

あぁ、とようやく腑《ふ》に落ちた。

ヴィンドたちは、ジビアとエルナが失敗した任務を成功させる形で、『鳳』は『灯』より上だと主張してきた。その際に、エルナが気絶した事実も糾弾してきたという。

自責の念を彼女は抱いてしまったのだろう。

気にしすぎだと思ったが、エルナの声には熱が籠っていた。

「挽回《ばんかい》しなきゃいけないの……カッコいい詐術を完成させ、『鳳』を打倒するの……！」

彼女の歩幅は大きく、その一歩一歩が並々ならぬ決意を感じさせた。

エルナもまた『鳳』を恐れる感情はないらしい。

「そうっすね……」とサラは複雑な気持ちを隠して、肯定する。

「候補はたくさん考えてきたの」

エルナは真剣な口調のままだ。

「状況に合うものを選んで、せんせいにぶつけてみるの」

「お、例えば何っすか？」

「『事故』×『誘惑』。ティアお姉ちゃんみたいに、色っぽく惑わして敵を嵌《は》めるの！」

「人見知りするエルナ先輩には、難しいかと」

「『事故』×『出まかせ』。北に幸せが落ちているの、と嘘《うそ》をついて巧みに誘導するの」

「さっきから発想がリリィ先輩と同レベルっすよっ⁉」

やはり迷走しているのだろう。失敗する未来しか見えなかった。

けれど、積極的に候補をあげるエルナの姿は勇ましかった。

(頑張っているっすね、エルナ先輩……)

それに比べて自分は、と考えてしまう。

自身の詐術については、まだ何も思い浮かんでいなかった。

(自分は何がいいんでしょう？　『調教』と組み合わせる騙《だま》し方……『ハッタリ』？　「自分が調教した怪物が一瞬で噛《か》み殺すっすよ⁉」と虚勢を張る？　『偽装』？　動物に装飾を施して、別の生き物に見せかける……？)

考えてはみるが、成功する未来が見えなかった。

——落ちこぼれの自分が、エリートたちと渡り合う想像ができない。

そもそも自身は敵の正面に立って争える人間ではない。闘いは苦手だ。

(でも……こんなんじゃ、またモニカ先輩に叱られるっすよ……)

臆病な自分に嫌気が差す。

けれど、染《し》みついた劣等感は簡単には消えてくれなかった。

サラは顔を俯《うつむ》けさせた。

前を歩く仔犬のジョニーが立ち止まっているのが見えた。細かく首を回し、その場をくるくると回っている。やがて道を折れて小道に入っていく。

そこは石畳《いしだたみ》でできた坂道だった。

坂道は左に大きくカーブしており、先が見えない。

坂道の脇には、寂れた商店が並んでいる。

突き出ている看板には『禁瑰酒店』『臓物薬房』などと真っ赤な文字が記されている。ホテルや薬局のようだが、どことなくアンダーグラウンドな雰囲気があった。麻薬のような妙に甘ったるい香りが漂っている。

エルナが微《かす》かに息を呑《の》んだ。

「ん、サラお姉ちゃん……気づいたら、ちょっと不気味なところにいるの」

「今更っすけど、ボスはここで何をしているんすか？」

「ん、確か……人と会う予定で……あぁ、そうなの……」

エルナがぽつりと口にする。

「――龍沖マフィアとの交渉なの」

二人がその路地に足を踏み入れた時だった。

道の脇の看板に埋もれるように小さな机が置かれていた。

――結晶算命。

つまり水晶占いだ。龍沖では路地でよく占い師を見かける。珍しいものではない。

サラが、あれ、と気になったのはその手段だ。龍沖では手相や筮竹《ぜいちく》を用いた占いが主流で、水晶はあまり見られない。モニカに暗記させられた本にそう記されていた。

そう疑問を抱いたのが功を奏した。

水晶占いの占い師は、突如立ち上がると、サラの頭目掛けて何かを振り下ろしてきた。

「――――っ⁉」

占い師が握りしめていたのは、鉄扇。

サラとエルナは即座に攻撃を避けた。左に跳ぶと同時に、懐《ふところ》の拳銃に触れる。

「おぉ！　避けましたか！」

女性の高らかな声がした。

みすぼらしい占い師の服は脱ぎ捨て、龍華民国伝統の古武術に用いられる赤い道着が露《あら》わとなった。長い髪を後ろで三つ編みに縛り上げ、広い額ごと顔を晒《さら》している。まだ若い女性のようだ。二十代前半の潑剌《はつらつ》とした笑みを見せている。

「通りに訪れる、怪しい人物を片っ端から襲っていますが、反応できたのはアナタたちが初めてですっ！　つまり只者《ただもの》ではない。どこかの工作員ですね？　なるほど、この龍沖を踏みにじる悪賊ですねっ？　面白い！　捕まえて尋問しましょうっ！」

女性は一方的に告げ、両手に構えた鉄扇を広げてみせた。

「わたしの名前は麗琳《れいりん》！　珠宝組《じゅほうぐみ》八人衆の一柱です！」

「「…………」」

サラとエルナは呆気《あっけ》に取られて、麗琳と名乗った人物を見つめた。

名乗りが正しければ、彼女は龍沖マフィアの一員らしいが。

「……とりあえず危ない人物なの」とエルナ。

「関わるだけ面倒な気がするっす」とサラも頷く。

ちなみに、二人はディン共和国の言語で会話をしている。龍沖の現地人と思われる麗琳に聞き取れるはずもなく、彼女は首をかしげる。

サラとエルナはじりじりと後方に下がり、逃げる準備を始める。

「んん？　こちらが名乗ったのに、名を明かさず遠ざかるとは」

麗琳は唇を尖《とが》らせる。

「礼儀がなっていませんね。なるほど、スパイらしい。卑劣です！」

もちろんサラは耳を貸さず、エルナに判断を告げる。

「は、発砲するっす。ちょっと驚かすだけです。その隙に逃げるっすよ」

騒ぎを起こしたくはないが、この人物からは遠ざかった方がよさそうだ。

サラはそっと拳銃を取り出し、銃口を麗琳に向ける。

「ふん、珠宝組八人衆の一柱・麗琳を見くびらないでほしいです！」

「それはさっきも聞いたっすよ！」

やけに名乗りたがる彼女にツッコみつつ、サラは引き金に指をかけた。

すると麗琳は後転し、立ち並ぶ看板に身を隠した。

軽快な身のこなしだ。やはり道着の通り古武術でも扱うのか。

そのまま彼女は通りの奥へ消えていったようだ。

「逃げだの……？」エルナは首をかしげる。

サラは発砲を取りやめ、銃を下ろした。

彼女の方から離れてくれるなら、無理に闘う必要もない。

「そうっすね……とりあえず自分たちも逃げ――」

その言葉を言い切る前に、サラの肩が何かに打たれた。

「――っ⁉」と声が漏れる。

肺から空気が漏れる。鈍く硬い物がぶつかってきた。バランスを崩し、膝をつく。

「サラお姉ちゃんっ？」とエルナが悲鳴を上げた。

攻撃は一切見えなかった。

しかし、その攻撃の方向は分かる。

「……う、後ろっす」

ギリギリで声を張り上げる。

二人が同時に振り返ると、そこには鉄扇を振りかぶる麗琳の姿があった。

「遅いですね、不届き者！」

鉄扇が振り下ろされる前に慌てて前転し、回避する。モニカとの格闘訓練が役に立った。

そのままエルナの手を引いて、駆け出した。

曲がりくねる坂道を上り、歯科医らしき建物の角を曲がり、更に小さな商店が立ち並ぶ通りを進む。道を阻《はば》むように設置された看板が、今となっては鬱陶しく感じられた。

「さっきのはどういうことなの……？」

走りながらエルナが口にする。

「アイツ、突然エルナたちの後方に現れたのっ！」

「わ、分からないっす」

そう、麗琳の動きは不自然だった。

サラたちの正面から消えたと思った次の瞬間には、後方に出現していた。走って移動したには速すぎる。人間業ではない。拳銃を構える間もなかった。

頭を悩ませていると、正面の『柳熊書房』と書かれた看板から麗琳が現れた。

慌ててエルナとサラは足を止めた。

また速すぎる移動だ。今度は——先回り。

「縮地と言うんですよ」

戸惑う少女たちに、麗琳は誇らしげに笑う。

「修行の末に身に着けました。地面を縮め、アナタがいる地点とわたしの地点を繋《つな》げただけ。これくらい我ら珠宝組八人衆ならば、誰でもできます」

そして彼女は鉄扇を大きく横に振るった。

まだ少女と麗琳との距離は、三メートル以上離れている。

「つまり——わたしの攻撃は距離を超越するっ！」

鈍く痛みが走ったのは、サラの膝。

また硬いものがぶつかってきた。しかも身体《からだ》の横からだ。予想外の角度からの一撃に、視認することもできない。

「逃げても無駄ですよ。愛すべき祖国を守るため、この麗琳、容赦しません！」

彼女は再び鉄扇を構える。あの見えない攻撃を加える気だろう。

サラは声を振り絞った。

「じ、自分はこの国に危害を与える気はないっす。ちょっとだけ格闘訓練を積んだ観光客です。この銃だってあくまで護身用で……」

「嘘《うそ》は通じません！　スパイはすぐ嘘をつきますからね。卑劣な輩《やから》です」

「……っ！」

「まぁ、わたしに怯《おび》えているというのは真実のようですがね！」

麗琳は好戦的な笑みを浮かべる。本職のマフィアはやると決めたら容赦がないようだ。

やはりサラの嘘では誤魔化せなかった。

（考えるべきだったっす……ボスが挑んでいる任務に関して……！）

今回の任務に龍沖マフィアが関与しているとは知っていた事実だ。深く考えず尾行し、彼らの縄張りに足を踏み入れてしまったのだろう。

「のっ！」

そこでサラの隣にいるエルナが拳銃を麗琳に向けた。

麗琳がせせら笑う。「多少、時間稼ぎしても同じこと」

エルナが発砲する前に、彼女は後転し看板の陰に隠れた。

遮蔽物だらけのこの空間を、彼女は知り尽くしたように動く。

「この隙に逃げるっすよ！」

サラはエルナの腕を引いて、再び駆け出した。

再びカーブの多い坂道の路地を走っていく。

看板が入り乱れ、とにかく視界が悪い。建物は住人の物干し竿《ざお》も突き出ており、そのせいで日光も遮られている。

――おそらく、また麗琳に先回りされる。

縮地が真実かは不明だが、彼女が理解できない移動法を用いているのは事実だ。

荒い息を吐きながら、サラは懸命に足を動かし続ける。

ダメージを負った足が痛むが、堪《こら》えるしかない。

（きっとティア先輩なら上手に交渉して闘いを回避できるっす……グレーテ先輩なら変装で逃げられる……モニカ先輩やジビア先輩なら闘っても負けない……）

つい、ここにはいないメンバーを考えてしまう。

——自分にはこの窮地を打開する術《すべ》がない。

その事実が悔しくて仕方がなかった。

「サラお姉ちゃん、止まるの」

その時、エルナがサラの服を摑《つか》んだ。

え、と疑問に感じる。エルナが足を止めたのは、見通しが悪い場所だ。道幅が狭く、建物からいくつも看板が突き出ている。

相手は神出鬼没の格闘家だ。ここで待つのは悪手に感じられる。

麗琳はまもなく現れた。

空を駆けるように、看板から看板へ飛び移るように迫ってくる。

やはり速すぎる移動だ。離れた距離で彼女は鉄扇を振りかぶっている。

エルナがサラの身体にもたれてきた。

「サラお姉ちゃんを虐《いじ》めるやつは許さないの」

そのまま彼女はサラと一緒に倒れるようにしながら、両手に構えた拳銃を発砲した。

その衝撃はサラの身体に、ドン、とぶつかってくる。

エルナの拳銃は、巨大なリボルバーだ。いわゆるマグナム弾を空にぶっ放す。

小さな彼女はその衝撃を支えられず、の、と声をあげ、ひっくり返った。

サラはエルナを柔らかく受け止めた。

頭上の麗琳はその轟音《ごうおん》に一瞬身を反らしたが、すぐ冷笑を浮かべる。

「一体どこを狙って――」

「コードネーム『愚人』――尽くし殺す時間なの」

エルナの唇が動いた時、金属が割れる音が鳴った。

マグナム弾の衝撃か、あるいは発砲音の振動によるものか。

金属疲労していた鉄は看板を支えきれなかったらしい。辺りを囲んでいた看板が雪崩を起こすように、落ちていく。

「な――っ⁉」

麗琳が目を剝《む》き、慌てて身を翻《ひるがえ》す。

サラが視認できたのはそれだけだ。彼女もまた驚愕《きょうがく》し、エルナの頭を抱えて屈《かが》んだ。

一方、サラに抱かれたまま、エルナは平然と頭上を見上げていた。動じていない。

サラは彼女の特性を思い出した。

——不幸に惹《ひ》かれ、不幸の予兆を感じ取るまでに至った自罰少女。

彼女はここで看板の転落事故が起きると察し、銃弾を放ったのだろう。

辺りに看板が墜落し、金属がひしゃげる音が轟《とどろ》く。しかしサラの上には落ちてこない。

やがて音が止《や》んだ時、サラは恐る恐る顔を上げる。

ちょうど身体を囲うように瓦礫《がれき》の山が生まれていた。

「〜〜〜〜っ！」

声にならない悲鳴を上げてしまう。

いつ見ても強力な特技だった。

麗琳を殺してはいないか心配になったが、看板の下に人影はなかった。彼女の服の切れ端が落ちている。圧《お》し潰された訳ではなさそうだ。一度退散したのだろう。

「とりあえず、急場は凌《しの》いだみたいなの」

エルナが呟《つぶや》く。そして遅れて落ちてきたボルトが彼女の頭に当たったらしく、こつーんと大きな音が鳴った。彼女は「不幸……」と呻《うめ》いて、しゃがみ込む。

「そ、そうっすね。麗琳さんはどこかへ行ったみたいですし、自分たちも逃げましょう」

麗琳は優れた格闘家だ。珠宝組八人衆が何者かは知らないが厄介である。

サラは痛む足を摩《さす》って、立ち上がった。

「ひ、ひとまず拠点に帰るの」

エルナが心配そうな口調で告げる。

「ごめんなさい、サラお姉ちゃん。エルナのせいで怪我《けが》を……」

言葉が途中で詰まっている。

彼女の瞳に涙が浮かんだところで、サラは「大丈夫っすよ」とその頭を撫《な》でた。

「エルナ先輩のせいじゃないっす。気にしないでください」

「でも……」

「それに、すぐ帰る必要もないっすよ。自分だって何も闇雲に逃げていません」

キョトンとするエルナに、サラは笑って告げた。

「ジョニー氏が匂いを辿《たど》ってくれました――ボスがすぐ近くにいるっす」

そこで路地に隠れていた黒い毛並みの仔犬《こいぬ》が、ひょっこりと顔を出した。彼は尻尾を振りながら、サラの身体にぶつかり、やがてサラの頭までよじ登った。

エルナも「の」と目を見張る。状況を理解できたらしい。

そう、たとえマフィアの根城であろうと関係がない。

世界最強のスパイが近くにいる――安全は確保されたのだ。

クラウスは巨大な屋敷《やしき》にいるらしかった。

仔犬の鼻を頼りに向かってみると、朱色の大きな門がそびえ立っており、左右には竜の銅像が並んでいる。奥には宮殿のような立派な建物が見えた。四方はオレンジ色の瑠璃《るり》瓦《かわら》が積まれた壁で覆われている。おおよそ平民が住める代物ではない。

クラウスの任務はマフィアとの交渉だと思い出す。

ここに親玉がいるのだろうか。部外者を寄せ付けない物々しい佇《たたず》まいだ。

「尾行するだけで、こんなに大変だとは思わなかったっすね……」と呟くサラ。

「なの。けど、ここまで辿り着けたのは成長の証《あかし》なの」とエルナは胸を張る。

そのポジティブな言葉に、サラも同意した。

日頃のクラウスとの訓練だけでない。モニカに叩《たた》きこまれたスパルタ特訓の成果も表れている。そうでなければ、麗琳と名乗る女性から逃げられなかった。

門の前には、門番らしき人間もいない。

「でも一体これからどうしましょう?」

サラはエルナの方を見た。

「もう訓練は放棄して、ボスに『守ってほしい』とお願いするべきっすよね?」

当初の目的は、クラウスを尾行した後に、脅迫や襲撃をする予定だった。

しかし、その目的を達する前にクタクタとなってしまっている。

おまけに迂闊《うかつ》に動けば、また麗琳に襲われかねない。

「いや、せっかくここまで来れたなら、エルナはやっぱり挑みたいの」

エルナが不服そうに頬を膨らますが、サラは同意できなかった。

「でも十分訓練したっすよ。これ以上の深追いは危ないっす」

「…………の」

エルナは渋々といったように頷《うなず》いた。

（なんだか焦《あせ》っているっすね、エルナ先輩……）

苦しそうにしている彼女を見て、不安になる。

さっきまでは、勇ましい、と感じていたが、今は危なっかしいと感じる。この危険地帯に足を踏み入れたことといい、なりふり構わずといった感じだ。

「とりあえずボスと合流しましょうよ」とサラは促した。

方針を固め、少女たちは門の横へ移動した。正面から訪ね、クラウスに会わせろ、と迫る訳にはいかない。潜入もスパイの得意技だ。

建物の横側に回り込み、壁をよじ登って双眼鏡で内部を観察する。

幸い、見通しはよかった。

庭には大きな池が広がっていて、視界を遮る高木はない。よく手入れされている。

「ん……？」

二人は双眼鏡を構えたまま、同時に首を傾《かし》げた。

朱色の荘厳《そうごん》な建物の前には池があり、その上には大小十本の橋がある。庭には年季の入った岩や、庭師に丁寧に剪定《せんてい》された低木、亭閣があり、とても優雅な空間なのだが、そこには異様なものがあちこちに転がっていた。

──気絶した群衆。

ざっと見て、百人近い人間が庭に倒れていた。拳銃や青竜刀を握ったままだ。

彼らのだらしなく開いた口元を見れば、意識がないことは分かる。

庭の中央にはクラウスがいた。

橋の欄干に腰を掛け、天を仰ぎ、独り言を呟いている。

その口元の動きを見て、彼のセリフを読み取る。

「……まさか、ここまで交渉が難航するとはな」

クラウスの表情は悲し気だった。

「一帯のマフィア三組が結集して、話も聞かずに殺しにかかってくるとはな。長年、龍沖を荒らした諸外国のスパイへの怨念か……誠意を示すため正面から来たのがミスか」

（いやいやいやいやいやいやいやいやいやいやっ！）

サラとエルナは同時にツッコミを入れた。

クラウスの手により、龍沖マフィアが三組壊滅していた。

どうやら彼はこっそりと情報を掠《かす》め取るのではなく、正面からの交渉で得ようと訪れたらしい。誠意を示すためというが、その大胆すぎる手法が相手を刺激したようだ。

結果、百人以上のマフィアを昏倒《こんとう》させるに至ったようである。

いつも通り規格外の男だった。もはや呆《あき》れた心地になる。

（でも………）

サラは双眼鏡から顔をあげる。

（これがボスの生きている世界なんすね……）

国を守る責任を一身に背負った男には、大量の仕事がある。与えられた時間もなく、今

回のように強引な手法に出ることもあるだろう。

自分たちとは生きる世界が違う。

『灯』のメンバーにできるのは、まだ彼の手伝いだけだ。

エルナもその事実に気づいたように「の……」と寂し気に呟いた。サラの服をぎゅっと握りしめてくる。

自分たちとクラウスの途方もない差を目の当《まあ》たりにする。

改めて胸が締め付けられる心地になるが――。


「クラウス先生、建物の北側はヴィンドとビックスが制圧しました」

クラウスに、翡翠《ひすい》色のポニーテールの少女が駆け寄っているのが見えた。

「……キュールさんなの」とエルナが呟く。『鳳』のメンバーらしい。

キュールはやや上気した顔で誇らしげに唇を引き締めていた。

橋の上で待機していたクラウスが頷《うなず》き、彼女に言葉をかける。

「見事だな。確認だが、殺してはいないだろうな？」

「わかっていますよ。ただ、鋼甕衆《こうおうしゅう》と珠宝組を繋《つな》いでいた用心棒が見つからず……元々彼女一人と話せればよかったんですが」

「そいつは見回り中らしいぞ」

「え、行方を知っているんですか？」

「さっき倒れた人間が言っていた。かなり気まぐれなやつで帰宅時間は不明だそうだ」

「なるほど。じゃあ、周辺を探しましょうか」

「そうだな。お前たちがいて助かったよ。僕一人より楽に片が付いた」

「……え、ひぇっ？　いやいや、もったいない言葉ですよ！　そんな大した働きじゃないです！　珠宝組八人衆もヴィンドたちが余裕で倒していましたし」

親しく会話を交わすクラウスとキュール。

今回の任務は、クラウスと『鳳』が合同で果たしたらしい。それは驚くことではない。彼と『鳳』が今後ともに活動するための引き継ぎ期間なのだから。

今後について、クラウスとキュールは細かく調整を始める。

具体的な内容は分からなかったが、彼らの息が合っていることは明らかだ。

「…………………っ」

サラは胸が苦しくなり、思わず押さえていた。

目の前の光景を見るたびに、心臓の動悸《どうき》が速くなる。

（……エルナ先輩が焦っている気持ち、ようやく理解できたっす）

サラは、遠く離れたクラウスに視線を送った。

マイペースさが目立つが、クラウスは『灯』のどのメンバーとも受け入れる柔軟性を兼ね備えている。そうでなければ問題児だらけの『灯』のボスになれるものか。

きっと彼は『鳳』と組んでも、超人的な実力を発揮できるはずだ。

そんなことは分かり切っている。

少女にとってクラウスは特別でも、クラウスにとって少女たちは特別じゃない。

（『鳳』は優秀っす……自分たちはマフィアから逃げるのがやっとだったのに、堂々と打ち倒せるんすから……）

エリートと自分たち、どっちがクラウスの隣に相応《ふさわ》しいのか？

そんなものは、もはや明白に示されている。『鳳』だ。クラウスに助けてもらうために訪れた自分たちとは違い、彼らはクラウスと並んで闘っている。

世界最強のスパイの部下には、『鳳』の方が相応しい。

理解しているが——。

（ボス、辛《つら》いっすよ……ボスが、どこか別のチームに行ってしまうなんて……）
見せつけられて、はっきりと認識する。
クラウスは本当に『灯』を去ってしまう。
彼は自分たちの元から消える。別のチームのボスとなり、離れ離れとなる。
嫌だ、と心の奥で誰かが叫んだ。
それが、自分が言った声だとは遅れて気が付いた。
嫌だ嫌だ嫌だ嫌だ嫌だ嫌だ嫌だ嫌だ嫌だ嫌だ嫌だ、と心がみっともなく喚《わめ》いていた。
――サラは走り出した。
エルナが「のっ？」と声をあげるが、サラには聞こえなかった。
目の前の光景から逃げるように、屋敷《やしき》から離れていった。

◇◇◇

サラには、スパイに前向きな動機がない。
彼女の出身は、ディン共和国の小さな海辺。両親は仲良くレストランを経営しており、
その一人娘だった彼女は、料理の余りを猫や犬にあげるのが好きだった。

普通、と言っても差し支えない。

唯一、特徴的なエピソードを挙げるなら、道端で怪我《けが》をしていた鷹《たか》を介抱し、手懐《てなず》けていたこと。それ以来、動物と妙に触れ合える才能を自覚した。

スパイの道に行ったのも、家計を助けるためだ。特別な理由はない。

両親のレストランが、スパイ同士の抗争に巻き込まれたのだ。噂《うわさ》では帝国のスパイと陸軍情報部の争いがあったらしい。派手な銃撃戦が行われ、店は半壊した。修繕できるほど貯蓄もなかった両親は店を廃業し、やがて自分の養育費にも困り果てた。

そんな時に、どこかから噂を聞きつけた対外情報室のスカウトに『養成学校に来ないか？』と誘われて、働く口もない彼女は流れるように行きついたのだ。

ゆえにサラには動機がない。

国を救おうなんて使命感はない。理想のスパイ像さえ持ち合わせていない。

養成学校で『落ちこぼれ』と烙印《らくいん》を押された時も、当然だなんて考えていた。

――スパイなんて、どうでもよかった。

そして身体《からだ》も頭脳もメンタルも未熟で、志も低い少女に期待を向ける者はいなかった。

◇◇◇

曲がる坂道の路地を走りながら、サラは思う。

（そして養成学校で落ちこぼれた自分は『灯』に来た……）

退学しても働き口がない以上、サラは『灯』を選ぶしかなかった。

最初は、最悪だと思った。命を懸けるような不可能任務なんて、死にに行くようなものだ。当時リリィに泣きついたように、彼女は逃げだす気だった。

本来は地獄だったはずなのだ。サラにとって、『灯』は。

しかも、他のメンバーは落ちこぼれと言えど、サラよりは優秀なのだ。居場所さえない。

（けれど、自分を認めてくれる人たちと出会えたんすよ……）

『極上だ』と褒めてくれる世界最強の男がいた。自分に懐《なつ》いてくれる妹のような存在や、一緒にクラウスを襲う計画に混ぜてくれる悪友、あるいは丁寧に導いてくれる先輩まで。

いつの間にかサラにとって『灯』は掛け替えのない居場所になっていた。

（スパイに動機なんてなくても――みんなのためになら頑張れる……っ！）

皆の顔が頭に浮かんだ時、サラの足は更に速くなる。

やがてある食堂に辿《たど》り着く。

既に廃業している小さな店だ。

力いっぱいに扉を引く。鍵はかかっていなかった。

厨房《ちゅうぼう》と小さなカウンターが置かれている空間には、使われていないコンロが置かれ、その上には一人の女性が座っていた。

「むむっ！　これはさっきのスパイ！」

麗琳だった。

エルナが起こした事故により負傷していたらしい。包帯を足に巻いている。結び終わった包帯をハサミで断ち切り、道着で隠し、カウンターの上に立ち上がった。

「不思議ですね！　どうしてこの隠れ家が分かったのですか？」

彼女は眉をひそめていたが、サラの足元にいる仔犬《こいぬ》を見つめて笑った。

「あぁ、なるほど！　わたしの匂いを辿ってきたのですね！　あの事故現場で服が破れたのでしたね！　ははっ、さすがの卑劣さ。やってくれます！」

「…………」

「だが、分かりませんね！　さっきはみっともなく逃げ回っていたのに、まさか一人で立ち向かってくるなんて。わざわざやられにくるとは！」

彼女はサラを見下ろすように立ち、鉄扇を取りだした。

その態度には余裕が満ち溢《あふ》れている。サラなど歯牙《しが》にもかけないように。

「……一つ尋ねたいことがあるっす」サラは口にした。

「ん？」

「鋼甕衆と珠宝組を繋いでいた用心棒というのは、アナタのことですか？」

「ふぅん。よくご存じで」

麗琳の口元がにんまりと歪《ゆが》んだ。

「その通り！　わたし！　珠宝組八人衆の一柱、麗琳は鋼甕衆との連絡係でもあります。で、なんの用でしょう？　鋼甕衆とコンタクトを取れと？　確かに闇に蠢《うごめ》く逆賊どもを知るのは、この界隈《かいわい》でも麗琳ただ一人。それが用件ならば多額の金を――」

「訓練っすよ」

「……は？」

「巻き込んですみません。ボスより早くアナタを捕らえます。それを交渉材料にして、ボスから『降参』の言葉を引き出すんです」

サラはキャスケット帽を被《かぶ》り直し、麗琳を見つめた。

「大人しく拘束されてください。悪いようにはしないっすよ」

「……えらい無礼を受けている気がしますね」

「先に無礼があったのはアナタの方っす。エルナ先輩のたんこぶ一個分は失礼します」

サラは堂々と軽口を叩《たた》けた自分に満足する。

舌戦はリリィやモニカから見て学んでいる。

目論見《もくろみ》通り、麗琳は苛立《いらだ》ったように鉄扇を強く握りしめた。指先が白く染まっている。

敵は訓練されたスパイではない。サラ程度の精神攻撃でも十分通用する。

(正直、恐《こわ》くて仕方ないっすけど………)

できないかもしれないではない。やるしかないのだ。

『鳳』のエリートは、龍沖のマフィアをどれだけ破ってきた？

「アナタ程度を倒せないと、ボスの横に立つ資格がないんすよ……っ‼」

できる、と自分に言い聞かせる。

自分はクラウスに認められた逸材なのだ！　自分こそが極上の天才と胸を張れ！

「実力差も分からないとは！　愚かの極みです！」

挑発に乗った麗琳が飛び掛かってきた。

サラは即座に退き、店外へ飛び出した。そこは先ほど闘った場所から離れていない路地。道はうねるように曲がり、坂道と階段がそこら中にある。至るところから看板が突き出し、視界が悪いことこの上ない。

その路地をサラは走り、相手の出方を探る。

「逃げられるとでもっ⁉」

やはり麗琳は先回りをして、サラの前に現れた。

走ったにしては速すぎる、縮地と彼女が呼んだ移動速度。

だが、サラだって無策に挑んだ訳ではない。

手元に隠し持っていた紙袋を麗琳に投げつけた。

麗琳はその袋を鉄扇で弾くが、袋は裂け、広がった粉末が彼女に襲い掛かった。

「ッ！　花椒《ホアジャオ》ですかっ！」麗琳がせき込む。

鼻孔を刺激する匂いが路地いっぱいに広まった。強い香辛料は龍沖ならば、どこでも購入できる。それを磨《す》り潰《つぶ》せば、簡易的な催涙弾となる。

敵の視界は塞いだ。

すかさず銃口を向けるが、麗琳はすぐに見事な後転で建物の陰に隠れてしまった。

「あいにく、この街ならば目を瞑《つぶ》って走れますので！」

麗琳の力強い声が聞こえてくる。

しかし、周囲の壁に反響するせいで正確な位置は把握できない。

「アナタの策は終わりですかっ？　ならば次でケリをつけてあげますよ！　急いでいるんです、なぜかわたしの本部と電話が通じなくなっているので！」

「……本部なら壊滅しているっすよ」

「この期に及んでも、まだ嘘《うそ》をつくとは！　嘆かわしい！」

麗琳は耳を貸さない。

頭脳戦は最初から諦めて、意地でも格闘に持ち込むスタイルなのだろう。下手な誤魔化しが通じない分、厄介だ。

サラは覚悟を決めて、両手で拳銃をぐっと力強く握った。

「珠宝組八人衆の秘術——全身全霊の縮地をお見舞いしてやりますっ！」

そう麗琳が叫んだ時、サラの肌を刺すような殺気が増幅した。

あり得ない光景が展開される。

足音が南から聞こえたと思った時、麗琳は北側の商店の屋根を走っている。その身体を東に捉えた時、次の瞬間には西で麗琳が看板の上を跳躍している。常識では考えられない、縦横無尽の移動が展開され、次第にサラを包囲していった。

けれど――。

「そのトリックは分かっているっす」

彼女の技にいつまでも翻弄されるほど、サラは未熟ではない。

もっと巧みな嘘をつく仲間とずっと訓練を続けてきたのだ。

「低レベルな嘘っすよ。縮地なんてある訳がない。さっきの花椒で匂いを付けました。それを使えば、移動の正体は分かるっす」

やがて麗琳が正面に現れた。攻撃をアピールするように大きく鉄扇を振りかぶる。

サラの足元に控えた、仔犬のジョニーが大きく吠《ほ》える。

「双子――アナタの移動はそれだけの子ども騙《だま》しっすよっ!」

背面撃ち。

身体の向きを変えないまま、サラは拳銃を片手持ちに切り替えた。右手で摑《つか》んだ拳銃を、左の脇をくぐるように突き出し、背後に向けて発砲する。

「な――っ!」

後ろから悲鳴が聞こえてくる。

サラが振り向くと、そこには流血する脛《すね》を押さえる麗琳の姿があった。サラの射撃技術では、背面撃ちで銃弾がまっすぐ飛ぶことはなく下に逸《そ》れたらしい。

もちろん殺すつもりはなかったので安堵《あんど》する。

鼻を動かし匂いを嗅ぐが、花椒の匂いはしなかった。仔犬も反応しない。

やはり麗琳は二人いることに間違いはなさそうだ。

「見事な連携っすね」

サラは語りかける。

「二人の女性がさも一人の女性のように演じていたんですね。素晴らしい技っす」

偶然だが、それは教えてもらった詐術の発想に近かった。

長所と騙しを掛け合わせる。

双子のコンビネーションと嘘の組み合わせ。『連携』×『錯覚』――似非《えせ》縮地。

それが彼女たちの格闘スタイルだ。

「くぅ……」麗琳は顔から汗を流している。「まさか見抜かれるとは……」

「縮地なんてファンタジーを信じる年齢じゃないっすよ」

さすがに、わざとらしすぎる説明だった。

思えば麗琳は会った時から、執拗《しつよう》に『八人衆の一柱!』と名乗りを上げていた。双子で

あることを隠すための印象付けだろう。

サラは深呼吸をし、拳銃の照準を麗琳の額に合わせた。

「降参してください。もう逃げられないっすよ」

「やってくれますね……！」

麗琳は鼻を鳴らした。

この期に及んでも、彼女からは得意げな表情が消えない。

「けれど、わたしの勝ちですよ。考えてみてください。アナタの敵は二人いるんです。わたしを銃で脅しているアナタを、わたしのお姉ちゃんが背後から襲うだけです」

「……そうっすね」

「アナタの負けですよ。もう詰んでいます」

麗琳は口元をにやけさせた。

「三秒以内に銃を下ろしなさい。従わなければ、お姉ちゃんが鉄扇でアナタを割ります」

「…………………」

サラは銃を下ろさなかった。

ここで下げれば、目の前にいる麗琳に鉄扇で襲われるのは目に見えている。

だが現状、後ろから襲い掛かるという彼女の姉を対処するのは不可能だ。目の前の麗琳

を撃ち殺す訳にもいかない。彼女には情報を吐いてもらわなければならないからだ。

――サラは敗北する。

たとえ敵のカラクリを看破しようと、そもそも格闘では麗琳たちに勝てないのだ。

しかも状況は二対一。サラが正面から闘って倒せる相手ではない。

サラは弱い。

だから必要になる。実力差を覆《くつがえ》すための――自分だけの騙し方が。

麗琳は、三、二、一、とカウントした後に笑った。

「さぁ！　麗華《れいか》お姉ちゃん！　コイツを背後から襲ってくださ――」

「――わざと動かないんですよ。誘《おび》き寄せるために」

サラは静かに宣言する。

「コードネーム『草原』――駆け回る時間っす！」

その直後、またサラの背後から悲鳴が湧き起こった。

サラを襲撃するために麗華――麗琳の双子の姉が、路地に降り立ったのだが、それを待っていたかのように巨大な鷹《たか》が飛んできていた。

バーナードと名付けられた、サラがもっとも頼りにするペットだった。

麗華の二の腕に強くかぎづめを突き立て、その首筋を鋭い嘴《くちばし》で穿《うが》つ。

「なっ、なあああああああっ！　どっから動物がああっ⁉」

追い打ちをかけるように、太った鳩《はと》のエイデンが続くように体当たりをし、仔犬《こいぬ》のジョニーもまた懸命に麗華の足に齧《かじ》りついている。

サラが調教したペットが、麗華を袋叩《ふくろだた》きにしていった。

麗琳が「お姉ちゃん！」と叫ぶが、サラは「動かないでほしいっす！」と改めて拳銃を突き付けて、その動きを停止させる。

「もしお姉さんを助けてほしかったら武器を捨ててください」

「…………っ！」

「アナタたちが自分を見くびっていることは理解していました。だから自分が身を晒《さら》せば、アナタたちは無警戒に近づいてくる。そこを動物たちで包囲するだけっす」

弱い自分にできる騙し方を必死に考えた。

その結果思いついたのは、弱い自分自身を囮にすること。あえて危険に身を晒し、油断させた相手を動物たちで仕留めるというものだ。

『調教』×『囮』——人獣挟撃。

それがサラの生み出した、スパイとしての闘い方。

結果、双子の動きを完封することにサラは成功した。

（自分だって、闘えるっす……！）

後は脅迫すればいい。鷹のバーナードは人の頸動脈《けいどうみゃく》くらい貫ける力を持っている。サラ自身よりずっと強いのだ。

このまま初めての単独勝利に辿《たど》り着くだけだが――。

「え…………？」

サラの思考は中断させられる。

脇腹にダメージがあった。耐えきれず、倒れ込む。

「痛い……っす……？」

目の前に転がったものを見て、サラはその攻撃手段を認識する。

――水晶玉。

動物に苦闘しながら麗華が放ったのだろう。鉄扇に隠されて、手元が見えず避けられなかった。そういえば彼女たちは何度も、見えない攻撃を繰り出していたことを思い出す。

――双子が用いていた、もう一つの攻撃手段。

扱いにくい鉄扇は、水晶の投擲《とうてき》を隠すため。

サラが倒れたことで自由になった麗琳が、麗華を囲んでいた動物を追い払った。形勢不利とみた動物は身を引き、サラの元に戻ってくる。

「「中々やってくれるガキですね……！　二重、三重にも罠《わな》を張るのは、アナタたちスパイのやり方でしょう？　勉強していますよ！」」

双子は声を揃《そろ》えて、這《は》いつくばるサラを威圧する。

もうサラは動けなかった。既に策は尽きている。逃げろ、と急《せ》かすように鷹のバーナードが突《つつ》いてくれるが、脇腹の痛みで何もできなかった。

「「お仕置きですよっ！」」

双子は息が合った動作で、鉄扇を振りかぶる。

「あのさぁ、キミ、極端すぎない？」

背後から別の声から聞こえてきた。

麗琳と麗華が同時に目を見開き、サラもまた振り返る。

そこには蒼銀髪《あおぎんぱつ》の少女――モニカが呆《あき》れ顔で立っていた。

彼女は不機嫌そうに後頭部を掻《か》く。

「確かに、自信を持て、とは伝えたけどさぁ、だからって突然、マフィアとタイマン張る？　なに、その謎行動力。ケンカしたい年頃？」

「……モニカ先輩、なぜここに？」サラは息を呑《の》む。

「リリィたちが大騒ぎしていたよ。『エルナがいなくなった。迷子だ』って。で、探していたら変な場面に遭遇しちゃった」

麗琳と麗華は、突然現れた闖入者《ちんにゅう》の実力を推し量るようにじっと見つめている。

強い視線を向けられても、モニカは平然としている。

「ふぅん、『調教』×『囮』ってところかな？　キミの詐術」

どこかで見ていたらしい。

サラが頷《うなず》くと、モニカは「う――――ん」と考え込み、やがて評価を言い渡してきた。

「………………………微妙」

不合格だった。

うぅ、とサラは肩を落とす。自分なりに頑張ったはずなのだが。

「結局、詐術なんてのは自分自身の鏡さ。人生、信条、癖、習慣――キミの生き様が、キミだけの騙し方を生み出すんだ」

そう告げて、モニカは柔らかく微笑《ほほえ》んだ。

「自分を囮にするなんて論外だ。キミはキミが思っているほど弱くないよ」

その会話を観察し、ようやく麗琳たちはモニカを強敵と認識したらしい。二人まったく同じタイミングでバックステップを取った。

「「なるほどなるほど！　増援ですかっ？　面白い！」」

彼女は息をそろえて宣言する。

「「本気でやってあげましょう！　ここは、わたしたち双子のホームグラウンド！　わたしたちの気分を害したこと、後悔させましょうっ！」」

そして、二人同時に看板の陰に消えていく。

四方八方から聞こえてくる足音は一段と速く、サラと闘っていた時は、まだ全力を出していなかったことを示している。

疾《はや》い。獲物を狩る肉食獣のように、サラとモニカの周りを駆け回っている。

いずれ息の合った連携技を繰り出してくるはずだが――。

「がっかりだ」モニカの反応は薄かった。

「え？」

「ボクも詐術の練習をしようと思ったんだけどさ。相手が弱すぎる。騙《だま》す必要もないクソザコに使っても仕方がない技術だよね、コレ」

そう愚痴をこぼしている。

にわかに信じられない発言だが、モニカはどうでもいい嘘《うそ》はつかない。

「いつものやつで十分か。サラには特別に見せてあげる。ボクの特技――盗撮だ」

そうして彼女が取り出したのは、鏡の切れ端だった。それを宙に向かって、バラバラに放り投げる。鏡片はまるで粉雪のように煌《きら》めきながら落下していく。

「コードネーム『氷刃』――時間の限り愛し抱け」

モニカの目が細かく動き始める。映る像を全て認識するかのように。いや、彼女の驚異的な演算能力と精密動作があれば、成しえるだろう。よく見れば、ばら撒《ま》いたのは鏡以外にも凹レンズも混じっている。

彼女と共にいる時間が長いサラは、その特技を理解する。

その能力の幅は言葉以上か。レンズと鏡を組み合わせて、発動する彼女の神業。

盗撮――一定空間内のあらゆるものを視認するスキル！

やがて「「くたばりなさいっ！」」と麗琳と麗華が同時に飛び出してくる。

しかしモニカは動じない。彼女には全て見えているのだ。

物陰に潜んでいる彼女たちの行動など全てが筒抜け。

ごっ、ごっ、と鈍い音が連続で響く。

モニカが握っていた小刀が麗琳と麗華の側頭部を淀《よど》みなく打った音だ。崩れ行く彼女たちの身体《からだ》を見て、そう認識する。

麗琳と麗華は同時に地面へ膝をつき、ゆっくり倒れていった。

圧勝にして瞬殺。

サラとは完全に別次元の実力だった。

「終わりか。このまま情報を奪うのが、良いんだろうけど――」

モニカは肩をすくめ、倒れる麗琳たちから視線を外す。

そして「残念」と乾いた笑みを見せた。「もうクラウスさんが来ちゃった」

彼女が見つめる先へ、サラもまた視線を向ける。

クラウスが立っていた。

横には、不安そうな目をしたエルナが並んでいる。彼女が連れてきたらしい。

「サラ」

クラウスは全てを理解したように告げてきた。

「お前は一人で立ち向おうとしたのか？　勇敢だな」

喉の奥が震えた。

違うっす、と言いたかった。泣きそうになった。

結局、サラは勝てなかった。弱い。未熟すぎる。致命的に実力不足だ。『鳳』が何人も薙《な》ぎ払っているようなマフィアに、自分は負けていた。せっかく生み出した詐術も不完全で、失敗作。モニカが助けてくれなかったら命を落としていた。

「――極上だ」

しかし彼が向けてくれる穏やかな瞳に、サラは達成感を抱いてしまうのだ。

◇◇◇

用件が終わると、モニカから長いお叱りを受けた。

「ホントさぁ、何してんの？　思いついたアイデアを、いきなり実戦で試すってアホなの？　リリィと同レベル？　しかも、『調教』×『囮《おとり》』って……ダメ。十三点。キミは前に出るタイプじゃないでしょ。こんな暴走、二度とやめてくれる？　とりあえずボクが与えた課題をこなせるようになってから、一人で動きなよ」

厳しい毒舌を浴びせられる。

まったく言い返せない。怒られても仕方がない暴走だ。

けれど、サラは充足感を味わっていた。

――少しは成長できた気がする。まだまだとはいえ、ちょっぴり。

根拠は、モニカの声音がいつもより優しかったこと。

結局、解放されたのは、日が暮れ始める頃だった。

任務がどうなったのか確かめたくて、ペットの散歩も兼ねて『灯』の拠点に向かった。

別荘は龍沖島の小高い丘の上にある。

照り付ける太陽のせいで汗をかきながら、急な坂を上っていく。歩みを進めると、景色が開けてきた。古びたアルミ柵の向こうには、港付近のビル群と青々とした龍沖の海があった。

坂の中腹には小さなテーブルが置かれていた。

テーブルの前には、占い師が座っている。『結晶算命』という看板があった。

昼間も見たっすね、と嫌な予感を抱きながら、サラはその占い師の姿を確認する。

エルナが座っていた。

「麗琳さんリスペクトなの」

「え………………」と硬直するサラ。

なぜか彼女は龍華ドレスを着ていた。生地は明るい桃色で、フリフリとした飾りつけが裾につけられ、そこらに改造が見られる。どうやら虎がモチーフらしく、頭には黄色の耳、尻からは黄と黒の縞《しま》模様のしっぽが伸びていた。

彼女は水晶を掲げた。

「これからエルナは龍沖で一番の占い師になるの。客として来たターゲットには、駅のホームに幸あり、と示すの。そしてエルナは、その言われた通りに駅へ来たターゲットを巧みに線路に突き落とす。世にも恐ろしい暗殺専門のスパイ、エルナ誕生なの」

「…………………………………………………………」

どう応えていいのか分からなかった。

「…………」

「…………」

「…………」

「…………」

エルナが虎の耳をベシッと地面に叩《たた》きつけた。

「やってられないのおおおおおおおおおおおおおおおおおおぉっ！」

「迷走具合が増しているっす‼」

顔を真っ赤にさせてエルナが暴れだした。相当恥ずかしかったらしい。地面だろうと関係なく蹲《うずくま》り、ゴロゴロと転がっている。

サラは慌てて彼女の身体を抱え、立たせてやった。

「そういえば、結局エルナ先輩の詐術は試せていなかったっすからね」

「なの。トラブル続きだったの。サラお姉ちゃんが暴走したし……」

「う、それは謝るっす」

「でも、エルナも気持ちは分かるの。すぐにでも強くなって、『鳳』を倒したいの」

「そうっすね。あ、でも無茶は禁物っすよ」

サラは彼女の頭を撫《な》でた。

「モニカ先輩からは、詐術は自分自身の鏡ってアドバイスをもらいました。一度拠点に戻って休憩してから、自分たちに合ったアイデアを出し合いませんか？」

彼女がやけに前のめりなのは、ずっと気になっていたことだ。安易にマフィアの縄張りへ踏み込んだことは、やはり不用心だったろう。

「……エルナ自身……………」

エルナは水晶玉を抱えたままヨロヨロと歩き出した。

彼女は憂いに満ちた瞳をしていた。

「嫌いなの……」彼女の唇が動く。

「え？」

「自分なんて嫌いなの……今回のトラブルだってエルナのせいなの」

転落防止のためのアルミ柵に触れ、エルナは苦しそうに呻《うめ》く。

その言葉を聞くのは二度目だ。彼女は紡績工場での失敗を悔いている。

（でも、それ以上にエルナ先輩の様子がおかしい……？）

サラは恐れる心を抱き、彼女に近づいた。

「エルナ先輩の責任じゃないっすよ。自分も事情は聞いているっす。任務失敗は、途中で原因不明の爆発に巻き込まれたって……ただの不運っすよ。だからまず休みましょう」

「確かに、不幸だったの……」

エルナが悔しそうに首を横に振る。

彼女の足元で仔犬《こいぬ》のジョニーが、ワン、と鳴いた。

「…………」サラは沈黙する。

「でも、簡単には割り切れないの」

エルナは唇を噛んだ。

「『鳳』に付け入る隙を与えたのはエルナなの。もしせんせいがいなくなったら、と想像

したら恐くなるの。だから、エルナは――」

昂《たかぶ》る感情を堪《こら》えるように、エルナがアルミ柵を強く握った。

――ぐにゃり、と柵が歪《ゆが》んだ。

え、とサラは声をあげる。

以降は全てがスローモーションに見えた。

足元から曲がっていく古びた柵と、それに続くように傾くエルナの身体。十メートル以上の高さがある崖。吸い込まれるように落ちる身体。そっと離れる水晶玉が太陽光を反射する。風が吹く。海の香り。崖下の石畳。見開かれるエルナの瞳。差し伸ばしたサラ自身の手。

「不幸……」とエルナの唇が動いた。

仔犬が悲鳴をあげるように、大きく鳴く。

咄嗟《とっさ》に差し出したサラの手は間に合うことはなく――エルナは崖下へ転落していった。

ジビアに指摘されたことがある。

「エルナって、『灯《ともしび》』が結成したての頃は、もうちょい大人ぽかったよな」と。

全員でボードゲームを行っていた最中だった。

訓練にくたびれて、もはや動くことも億劫《おっくう》になると、メンバー全員でゲームをした。普段は作戦会議で使うテーブルにゲーム盤を置き、お菓子と共にプレイする。

勝敗より場の盛り上がりを優先するリリィ、直感だが勝負時に強いジビア、思考は不明だが気づけば有利に事を進めているアネット等、それぞれのスタイルが見えて面白い。

そして、エルナがビリになって拗《す》ねていると、ジビアに告げられたのだ。

――出会った頃はもっと大人びていた、と。

エルナが答える。

「違うの。コミュニケーション苦手人は、初対面の相手には壁を作りまくるから、精神年齢が高く見えるだけなの。ちなみに、少しずつ自分を開示できた頃に、周囲から『あれ？

君、こんな子だっけ？』って指摘されるのは、とても恥ずかしいことなの」

「めっちゃ喋《しゃべ》るじゃん」とジビア。

実際、ジビアの指摘通り、『灯』結成当初の自分はもっとクールだった気がする。

今ではすっかりお笑い担当みたいな扱いを受けているが。

「ということは」

リリィが楽しそうに言葉を紡《つむ》いだ。

「わたしたちはエルナちゃんの信頼を勝ち取ったんですね」

「の……」エルナは顔が熱くなるのを感じた。「そ、そういうことなの」

すると、他の仲間からとても穏やかな眼差《まなざ》しを向けられた。

エルナは更に恥ずかしくなって、顔を俯《うつむ》けさせる。

――とても居心地がいい。

エルナは何度でも思う。

かつてティアが指摘した通り、エルナは甘えたがりな側面があった。

精神的に幼い、とは自分もまた認めるところだ。『お姉ちゃん』と甘えるように出す言葉に、自分で呆《あき》れてしまう時もある。あざといな、と。

だからこそ、自分を受け入れてくれる仲間が愛おしい。

そして誰よりも――。

「なんだ、お前たち。珍しい遊びをしているな」

エルナが姿を思い浮かべた時、ちょうどクラウスが現れた。

早速リリィが「先生もやります？　ふふっ、ボッコボコにしてやりますよぉ？」と声をかけ、彼をテーブルに着かせる。

クラウスがボードゲームに混ざったことで、賑《にぎ》わいは更に増していく。

彼はボードゲームの対戦人数が八人だと気づくと「エルナ、僕と一緒にチームを組もう」と告げてくる。

そして、その提案が嬉《うれ》しくて、エルナは「やってやるの！」と拳を掲げるのだ。

自分を受け入れてくれる『灯』が何より愛おしかった。

だって、エルナは自分自身が大嫌いだったから。

◇◇◇

クラウスの拠点では、『灯』と『鳳《おおとり》』合同の作戦本部が設立されていた。

『鳳』でもっとも頻繁に通っていたのはキュールだった。地域住人から「また、あの道楽息子が新しい女を囲ってる……」という目がクラウスに向けられているが、そう誤解される方が好都合なので、無視している。龍沖《ロンチョン》を離れるまでの辛抱だ。

——龍沖国内ディン共和国大使館の情報漏洩《ろうえい》事件。

それが現在、二つのチームが追っている問題だ。

大使館職員が地元マフィアに買収され、機密情報を横流しした経緯や流出先などを調べ上げ、敵国のスパイとの関係を突き止めようとしている。

『灯』と『鳳』はクラウスに指示された通りに潜入調査を行っていた。

書斎で会話を交わすのは、キュールとティアだ。

「ティアさん、どうかな？　この前のマフィアは何か教えてくれた？」

「ええ、麗琳《れいりん》さんが洗いざらい吐いてくれたわ。黒幕はやっぱり鋼甕衆《こうおうしゅう》ね。キュールさん、裏取りは『鳳』に任せていいかしら？」

「うん、こっちでやっとく。いいね。そろそろ今回のトラブルの全容が摑《つか》めそう」

「ええ、機密文書の隠し場所も見えてきたわ」

二人はテキパキと計画をまとめあげていく。

ティアと同様に、『鳳』におけるキュールの立場も情報整理や指揮らしい。

ここ一週間共に調査をこなしたが、ティアは何回も感心していた。連携が密な『灯』にいると、現場裁量に任せがちな『鳳』の指揮は斬新だった。

キュールもまた刺激を受けているようで、逐一「へぇー、そこまで細かく決めるんだぁ」「バックアップ体制が完璧だねぇ」とコメントしている。

二人の指揮官は交じり合い、学び合う。

だが、その一方で張り詰めた空気が流れることもあった。

「ねぇ、キュールさん。このターゲットの尾行は『鳳』に任せてもいいかしら？　三日前もかなり細かいデータを上げてくれたわよね？　『翔破《しょうは》』って人」

「うん、いいよ。伝えておくね」

「今はどこに潜入しているの？　カフェみたいな場所？」

「さぁ、どうだったかな？　それより『氷刃《ひょうじん》』って子はサポートに入れない？　かなり信頼しているみたいだし、優秀な子なんだよね？」

「うーん、難しいかもしれないわね。気難しい子だから」

行われているのは、探り合いだ。

結局、『鳳』はキュールとヴィンド以外の人物は姿を現していない。

『灯』もまた、グレーテ、モニカ、サラの詳細は伏せていた。

二つのチームがぶつかり合うことは、確定している。少しでも情報を引き出して、アドヴァンテージを握りたい。ゆえに両者は互いにカマをかけ合う。

しかし互いに一歩も譲らず、決して口を滑らせることはなかった。

これ以上話しても無駄だと諦め、ティアは黒板に近づいた。

黒板には、龍沖の湾岸部の地図が張り出されている。

「――最終確認をしましょう」

ティアは言った。

「次が龍沖のラストミッションね。明後日《あさって》、『鳳』と『灯』は龍魂城砦《ロンフェンじょうさい》にある、機密文書を奪取する。互いにバラバラに動いて、誰か一人でも文書を奪えば任務は終わり」

「うん。『鳳』と『灯』、どちらが奪っても問題なしだね」

「多少のトラブルは覚悟している？」

「もちろん。敵と味方の誤認はつきものだよね。殺傷の伴わない暴力なら許容する」

当然、キュールは質問の意味を把握しているだろう。

この日繰り広げられるのは、ただの任務ではない。任務中、味方への攻撃は認められた。

『鳳』と『灯』の潰し合いは必然となる。

ティアが微笑《ほほえ》みかける。

「より優秀な部下がクラウス先生の下につくべき。これも間違いないわね？」

「もちろん」とキュールが唇を舐《な》めた。

かくして『灯』と『鳳』の勝負内容が決定される。

スタートは明晩、二十二時から。暴力あり。妨害あり。

クラウスを賭け、龍沖の巨大団地で行われる——機密文書奪取戦！


「でも、大丈夫なの？」

打ち合わせが終わると、にこやかにキュールが語りかけてきた。

「そっちのチーム、怪我人《けがにん》が出たって話を聞いたんだけど、無事なのかな？」

「…………」

エルナの転落事故の話は、既に知れ渡っているらしい。

仕方がない話か。二日前、夕暮れ時にサラが血相を変えて駆け込んできたのだ。エルナが崖から落ちた、と。その時の様子を、『鳳』の誰かが見たのだろう。

「そうね。ちょっと訓練を頑張りすぎちゃったみたい」

ティアは微笑んだ。

「でも心配いらないわ。命に別状はないし、大怪我という程じゃない」

「あぁ、なんだ。よかったね」

「ええ。でも、ちょっとマズいのよね」

「マズい？」キュールが首をかしげる。

「だって、あの子が怪我した原因は『頑張りすぎ』だもの。どこかの連中が図々《ずうずう》しく任務に横やりを入れて、うちのボスを奪おうとしたから。この事件が起きるまでは、中々詐術が習得できず、気後れするメンバーもいたんだけどね」

ティアはキュールを睨《にら》みつけた。

「メンバー全員、覚悟が決まったわ。アナタたちはブチのめす」

「……知ってる？　それね、逆切れって言うんだよ？」

キュールは一切引くことなく、睨み返してくる。

両チームの指揮官が互いに火花を散らし合っていた。

◇◇◇

拠点の寝室では、リリィがエルナの服を脱がしていた。

「リリィちゃん印の塗り薬！」

そして取り出したのは、軟膏《なんこう》入りの瓶。

ここ最近、リリィは毒だけでなく薬の調合も勉強していた。調合自体は得意であるため、その薬品のクオリティは日に日に上達している。

普段周りには見せないが、実は、けっこう真面目なのである。

リリィは軟膏をたっぷりと掌《てのひら》に載せると、エルナの左腕に塗り、右頬を指で突《つつ》き、左肩と背中も入念に塗り、左頬を指で突き、そして、もう一度右頬を突いた。

最後にもう一度、両頬を突く。

「ほっぺたを突かれる回数が多い気がするの」とエルナ。

「気のせいですね」

リリィは瓶の蓋を閉めたあとで、エルナの身体《からだ》を確認した。

「不幸中の幸い、痕は残らなそうですね。治るには時間がかかると思いますが」

「の」

エルナの転落事故は大怪我には至らなかったが、負った傷は決して軽くなかった。身体の至るところに打撲を負い、青黒い痣《あざ》ができてしまっている。命に別状はないが、見ていて相当に痛々しい。

「とりあえず今日は休んでください。動かすとけっこう痛むでしょう？」

「なの。痛むの……」

「安静にしていてくださいね。お願いしますよ？」

リリィが優しい声音で口にした。

そこで「俺様はアホだと思いますっ」と答える声が上がった。

薬を塗布する傍らでは、アネットがベッドに寝転んでいた。うねうねと伸びるマジックハンドを構え、「俺様、二回連続の怪我なんて不注意だと思いますっ」という発言と共に、エルナの背中を突く。

「のおっ？　そこは痛いところなのっ！」

「俺様の連撃が始まりますっ」

「や、やめるの！　頼むの、ジョニー！」

エルナは足元で寝転がる黒い仔犬《こいぬ》を、アネットの方へ投げた。

ジョニーと名付けられた仔犬は、アネットの腹に着地し、彼女の首筋を舐め始める。

アネットは足をバタバタさせて「俺様っ、くすぐったいですっ」と訴える。

エルナは誇らしげに、ふふん、と鼻を鳴らした。

「サラお姉ちゃんがジョニーを貸してくれたの。これからは彼に守ってもらうの」

仔犬はアネットの上で、キリッとした瞳を見せている。

なにやら使命感に満ちている。主人であるサラの優しさを理解しているようだ。

「サラちゃんはホント過保護ですねぇ」

リリィは笑ったあとで、ふと思い出したように口にした。

「でも実際、このところ不幸が続いていますね」

「の」

「もしよかったら、今一度、エルナちゃんの体質について教えてくれませんか？　ただの不幸体質じゃないんですよね？」

リリィは一度だけ、聞いたことがあった。

自罰願望──それが、エルナが抱えている歪《いびつ》な欲求だという。

火災で家族が亡《な》くなったことで「自分だけが生きているのはズルい」という妄執に囚《とら》われた。無意識に不幸を求め、ようやく安心を得られるのだ、と。

しかし、その説明ではいまいち納得できない部分も多い。

「語るのは難しいの」

エルナが哀《かな》し気に呟《つぶや》いた。

「話すとしたら、家族のことから話さなくちゃいけないの。楽しい話じゃないの」

「…………」

リリィは、その言葉の奥にある、重たく濁った感情を感じ取った。

エルナの隣に腰をかけ、「ゆっくり話してくれませんか？」と彼女の手を握る。

エルナは小さく首を縦に動かした。

「そもそもエルナが生まれたのは貴族の家系なの。貴族制は廃止されたから、名ばかりの貴族だけど、それなりにお金持ちで名声もあったの。ただ、そのせいで心無い人たちから目の敵にされることも多かったの」

リリィも断片だけ知らされていた。

エルナの所作に上品さが見られるのは出自によるものだ。大切に育てられたのだろう。

彼女は力ない表情で口にする。

「クリスマスは家族で過ごすのが通例だったの。お父さんとお母さんがワインをたくさん買って、お兄ちゃんはクラッカーを用意して、お姉ちゃんはケーキを焼いて……その日も同じなの。エルナが八歳のクリスマス。深夜、リビングに火炎瓶が投げ込まれたの」

「火炎瓶……」

それは今の時代、庶民がもっとも気軽に生産できる武器だった。しかし、その手軽さとは裏腹に、世界大戦中、戦車を足止めした実績もあるほど凶悪な威力がある。

「エルナが気付く頃には、火の手が回っていて、屋敷《やしき》全体に燃え広がっていて、全焼した家から逃げることができたのは」

彼女は哀しそうに首を横に振る。

「…………エルナだけなの」

リリィは息を呑《の》んだ。

「一体どうして火炎瓶なんかが？」

「分からないの。投げ込んだ現場を見た人間はいなくて、犯人も捕まっていないの。ただ、富裕層へのやっかみ、というのが警察の推測なの」

リリィも、あぁ、と相槌《あいづち》を打った。

戦後直後の混沌《こんとん》とした時代はリリィも知っている。国中の人間が僅かな富を奪い合っていたのだ。特に都市部では稼ぎ口のない者がギャングとなり、略奪が横行していた。富める者は、ただそれだけで殺害の対象となった。

――痛みに満ちた世界に、自分たちは生まれたのだ。

エルナの家族が襲われた悲劇も、その延長にあるのだろう。

彼女の腕の中にいる、仔犬が小さく鳴いた。

「それ以来、エルナは――」

苦しそうに彼女は下を向く。

リリィもまた彼女の手をぎゅっと握りしめる。

「――ストップ！　廊下で盗み聞きされていますよ、リリィの姉貴っ」

アネットが突然、声を上げた。

リリィはハッと息を呑み、慌てて扉を開ける。

廊下にはヴィンドが立っていた。両手をポケットに突っ込み、背中を壁につけたキザな立ち方で、余裕を示している。

「……別に盗み聞きしにきた訳じゃない」

彼は軽蔑が入り混じった視線を向けてくる。

「キュールを待っていたら、廊下から不用心な声が聞こえてきた。面白そうだから少し近づいただけだ」

リリィはきつく睨み返した。

合同任務を行うようになってから、ヴィンドとキュールは頻繁に拠点に出入りするようになった。『灯』の情報を集めようと企《たくら》んでいるのだろう。

「そういうのを盗み聞きと言うんですよ」リリィはあしらうように手を振った。「一体、誰のせいでエルナちゃんが怪我《けが》をしたと――」

とにかくヴィンドを追い出そうとした時。

「ヴィンド兄さんに触れるな、でござる」

天井から声が降ってきた。

伸ばしたリリィの手に紐《ひも》が絡《から》みつく。振り払おうとした時には遅く、何重にも紐が巻かれていき、やがて指一本動かせなくなる。

――瞬《また》く間《ま》に拘束された。

やがて一人の少女がリリィの横に降り立った。天井裏に隠れていたらしい。

背が低めの、凜《りん》とした佇《たたず》まいの少女だ。

臙脂《えんじ》色の髪がピンと伸び、線で引かれたように目鼻立ちがハッキリしている。こちらを見据える瞳は凜々《りり》しく、中性的な顔立ちをしている。

「アナタは……?」

「拙者はランと申す。『鳳』のメンバーでござる。よしなに」

その名前はリリィも知っていた。

コードネーム『浮雲《うきぐも》』――卒業試験3位、『鳳』の中核を担《にな》う一人。

ランはつまらなそうに指を振り、リリィの腕から紐を外した。それからリリィの横を通り過ぎ、寝室内の少女を見つめた。

ランが、ふぅん、と息をついた。

「こんなチビ助どもが『灯』とはな。拍子抜けでござるな」

エルナとアネットが、ん、と首を傾《かし》げる。

一瞬の間が空き、二人はようやく言葉の意味を理解したらしい。

アネットの口元が歪《ゆが》んだ。

「今、俺様のこと、チビ助って言いました？」

彼女の指先が動く。

スカートがもぞもぞと蠢《うごめ》く。なにかの発明品が溢《あふ》れ出ようとしていた。

「やめておけ、でござる」

しかし、ランの方が一歩早い。

彼女が手を振るった時、アネットの動きが停止する。

やはり早業だ。ランの指から伸びる紐が生き物のように動き、アネットの腕に絡む。

「出す前に止めれば、どうってことはない」

アネットは「……っ！」と目を見開き、固まっている。

得意の発明品を出す動きが完全に止められた。ランが制圧したのだ。

リリィもまたその技量に驚愕《きょうがく》するしかなかった。

「やめろ、ラン」ヴィンドが口を挟んだ。「つまらない争いをするな」

「む、拙者も様子見のつもりだったが、先にこやつが――」

「お前も相当小さい」

「このチビ助よりかはマシでござる！」

ランは不服そうに「まぁ、ヴィンド兄さんがそう言うのであれば」と呟き、アネットの紐を外した。そして背中を向け、玄関へ歩いていく。彼女の後を追うように、ヴィンドもまた「邪魔したな」と呟き、去っていった。

リリィたちはその背中を黙って睨《にら》むしかできなかった。

エルナの話の腰はすっかり折れてしまった。

◇◇◇

ヴィンドとランは『灯』の拠点から離れ、船に乗り、龍沖本土まで戻った。

途中キュールに声をかけ忘れたことに気が付いたが、無視して、焼き小籠包《ショウロンポウ》と揚げ鳥

を購入する。繁華街にあるマンションの階段まで辿《たど》り着き、周囲に人影がないことを確認したところで、ヴィンドはランの頭に思いっきりチョップを入れた。

「痛いでござる！」

ランが涙目になって蹲《うずくま》る。

「わざわざ手の内を晒《さら》すな」ヴィンドが叱りつける。

「ちょっとしたお茶目でござるよぉ」ランが頭を押さえて言い訳をする。

「……あと、その口調はなんだ？」

「擬態でござる。スパイたるもの、時に口調も偽らねば」

「余計目立つぞ、その口調」

ランはヴィンドの言葉に耳を貸さず、「ござるござる」と呟き、階段を上っていく。

ヴィンドもまたそれ以上、何も言わなかった。

『鳳』では容姿や口調を変えることは頻繁に行われていた。同胞の裏切りによりディン共和国の全スパイのデータが暴かれた事実を危惧してのものだ。養成学校の成績優秀者の情報がどれほど流出したのかは、いまだ不明な部分も多い。

「素敵でござるなぁ」

ランが楽しそうに呟く。

「ここまで来るのに大分苦労があったでござる。急遽《きゅうきょ》卒業試験を受けさせられ、チームを組まされ、すぐ前線に送り出され、ボスは亡《な》くなり、拙者たちだけで任務をこなす過酷な日々……特にヴィンド兄さんの奮闘は格別。それが、ようやく報われるでござる」

「………」

「最高のボスをもらい、最高難易度の任務に挑む——スパイの誉れでござる」

「気が早い」ヴィンドが答える。「まだ決まった訳じゃない」

ランが口元を引き締め「そうでござるな」と頷《うなず》いた時、ちょうど部屋に辿り着いた。

今戻った、と声をかけて中に入ると、多くの返事が戻ってきた。既に全員集まっているらしい。キュールも戻ってきたようだ。

狭い部屋の中に、男女四人がひしめいている。

二段ベッドの上に腰をかける者や、床に直接転がっている者もいる。

紙に包まれた焼き小籠包を配っていくと、「お♪」と歓声をあげる青年がいた。

「これは百鞭《ひゃくべん》飯店のやつですね♪　さすが、ヴィンドくんです。ぼくって、いつも女の子と一緒にご飯食べるので、こんなニンニク塗《まみ》れの男臭い飯は久しぶりなんです♪」

『翔破』のビックス。

まるで幼い男の子のように童顔で、甘いマスクの青年である。彼は笑顔を振りまきなが

ら、嫌味とも分からない言葉でヴィンドを褒めたたえる。

その隣では、毛布に包《くる》まった女性がボーっとした顔を浮かべていた。

「ええ〜、ビックスくん。もしかして今日もぉ、デートしたのぉ？　いいなぁ。ファルマもぉ、誰かに貢《みつ》がれたいなぁ。お金が欲しいなぁ。誰かくれないかなぁ」

『羽琴《はこと》』のファルマ。

三か月以上手入れをしていないボサボサの髪、少しぽっちゃりとした体形、半分開いたマヌケそうな口元。だらしないという要素が詰まったような容姿の女性である。

彼女は、部屋の隅でずっと立っている青年の足にもたれかかった。

「ねぇー、クノーくんが養ってよぉ。無限にお金を注いでよぉ。貢いでくれたら、たくさん良いことあるよぉ。ファルマに尽くす喜びだよぉ？　貢ぎマゾってやつだよぉ」

「……否《いな》。興味なし」

素っ気なく青年は答える。

『凱風《がいふう》』のクノー。

顔を覆い隠すような、真っ白なお面を付けている。背も高く、腹も大きく膨らんだ鐘型の大きな青年だった。お面と相まって熊のような存在感がある。

メンバーが揃《そろ》うと、さすがに喧《かしま》しい。

「……否。お前たちは禁欲しろ」

「えぇぇ？　お金がなければ何もできないでしょぉ？」

「クノーくん♪　ぼくから女の子を取り上げるのは、無理な注文ですよ♪」

「ところで貢ぎマゾってなんでござるか？」

「お、ランちゃん、興味あるぅ？　愛と夢が溢れる世界だよぉ」

「ぼくもあります♪」

「……否……否」

「ふむふむ……なるほど！　ぎゃはは、変態でござる。変態でござる！」

狭いワンルームに若者の声が充満する。床ではキュールが「本当に下品で嫌。『灯』はよかったなぁ」と遠い目をしているが、彼らは一向にトークをやめない。

この騒がしい四人にヴィンドとキュールを合わせた六名が『鳳』だった。

パンッと乾いた音が部屋に響いた。

「俺は騒がしいのは嫌いだ」

ヴィンドが叩《たた》いた手を開いた。

「口を噤《つぐ》め――さっさと作戦会議を始めるぞ」

焼き小籠包を食べながら、『鳳』の作戦会議が行われた。

騒がしかった室内が静まり返り、キュールの説明だけが響いている。

終始声をあげていた少年少女たちの唇は固く結ばれていた。年相応の若者の笑顔から、過酷な世界を生きるスパイの顔へ切り替わっている。

この切り替えの速度こそが、彼らがエリートたる所以《ゆえん》である。

いかなる状況でも、一瞬で深い集中ができる。

キュールが早口で語る情報を、メンバー全員が頭へインプットする。

説明が一通り終わったところで、まずキュールが見込みを告げた。

「順当に行けば勝てるとは思う。ただ警戒は必要かな。クラウス先生が面倒を見ていたとはいえ、不可能任務を達成した人たちだからね」

「……是《ぜ》」とクノーが呟《つぶや》く。

「特に、この『氷刃』って子はヤバい。仮名はモニカだったかな」

そう言って、キュールは一枚の資料を取り出した。

ここ一週間で探ってきた『灯』メンバーの情報だった。核心に迫れるほどではないが、こなしている任務を見れば、大体の実力は見えてくる。

「詳細は不明。でも、仲間からの信頼が異様に厚い。二人でマークするべきだよ」

メンバーから戸惑いの声があがった。

ファルマが「二人ぃ？　ただでさえ人数差があるのにぃ？」と間延びした声で尋ねる。

ビックスが「一人で十分♪　過大評価ですよ♪」と楽しそうに煽《あお》る。

しかし、キュールは指示を変えなかった。

メンバー内で緊張の空気が流れる。

判断を仰ぐように、リーダーであるヴィンドに視線が集まった。

「二人なんて認められるか」

ヴィンドが即答する。

メンバーが納得したように口元を緩めた時、重ねてヴィンドが告げる。

「全く足りない。『氷刃』は三人で相手しろ」

ヴィンド以外の全員が唖然《あぜん》とした顔を見せた。

彼らにも当然、プライドはある。自分の能力は決して低くないと自負している。そんな人間たちが、元落ちこぼれの一人を三人でマークするとはどういう了見なのか。

しかも『鳳』のメンバーは六人だけだ。一人相手に半分の人員を割くことになる。

眉を八の字にしたランが尋ねる。

「まずは三人で早めに『氷刃』を潰す、という判断でござるか?」

「いや、お前たちは三人でも負ける。できるだけ時間を稼いで負けろ」

ヴィンドの声は鋭かった。

「兄さんが言うなら、信じるでござるが……」

不服そうにランが腕を組んだ。

「根拠は? 『氷刃』を抑えるとして残り七人はどうする?」

「勘だ。余った二人が一人ずつ、担当すればいい」

「『灯』は残り五人でござる」

「俺一人で相手する」

ヴィンドは簡単に語るが、それはあまりに偏った計画だった。

ランを含め、『鳳』全員がヴィンドを睨みつける。ヴィンドの発言は、明らかに仲間の実力を軽んじている。自分一人でやるから後は足を引っ張るな、という指示だ。

養成学校をトップの成績で卒業した誇りを傷つけられる。

しかし一方的に告げるヴィンドに、彼らは何も言えない。

「文句があるなら結果で示せ」ヴィンドが挑発的に言う。

――ヴィンドが別格すぎるのだ。

エリート集団と呼ばれる『鳳』の中でも、彼だけは更に一線を画している。特にボスを失って以降、彼の成長速度は留まることを知らない。

「問題ない。『灯』には一つ穴がある。その穴を俺が突くだけだ」

やがて作戦会議はヴィンドの発言をそのまま採用する形で、終了する。

メンバーの誰もが、燃えるような闘争心が籠った瞳をしていた。

◇◇◇

『鳳』が作戦会議を行った夜、『灯』もまた作戦会議を行っていた。

八人全員が揃っての話し合いは、久しぶりだ。ここ最近の作戦会議はクラウス、ティア、グレーテを中心に行われて、他の少女は手足となって動くのみだ。久しぶりに意見をぶつけ合うことに、不思議な懐《なつ》かしさを抱く。

思い出すのは、訓練のこと。

クラウスを打倒するため全員で言葉をぶつけ合った。とても充実した時間だった。

明晩『鳳』に負けた時――『灯』は失われる。

そんな未来が頭をよぎるたびに、自然と声に熱が籠った。

計画が定まった時、クラウスによるミーティングが行われた。

ボスを囲むように、広間のソファに腰をかける。そのスタイルは本国の陽炎《かげろう》パレスでも、龍沖の地でも変わらない。

「次でおそらく龍沖の任務は終了だが、今回はかなり特殊な形式となった」

クラウスが告げる。

「大使館の情報流出事件を探る——それがミッションだが、もう誰も気にしていないだろう。スパイとしてどうなんだ、と思わなくもないが目を瞑《つぶ》ろう。たまには悪くない」

少女たちは頷いた。

今回大事なのは『鳳』を上回ること。任務はその手段でしかない。

——『鳳』より早く成果を掴《つか》み、自分たちがクラウスに相応《ふさわ》しい部下だと証明する。

胸にあるのは、その一心だけだ。

クラウスもまた頷いた。

「そもそも機密文書を奪うくらい、僕がやれば一瞬で終わるしな」

「身も蓋もないっ！」とリリィ。

「だが僕は何もしない。お前たちと『鳳』、どちらが勝るのかを見守るだけだ」

それでいい、と少女たちは肯定する。

クラウスが手伝っては意味がないのだ。自分たちだけで『鳳』を倒すのだ。

「正直、僕は養成学校という空間をよく知らない。だから実を言えば、お前たちのコンプレックスは理解できない。狭い枠組みの評価など気にするな、とも思っている。だが、その心に負った傷が鈍く痛む夜があるならば、言えることは一つだけだ」

クラウスが告げた。

「勝て。過去の劣等感を覆《くつがえ》してこい」

発破をかける言葉に、少女たちは「はいっ！」と力強く返答した。

以上でミーティングが終わる。

真っ先にリリィが立ち上がり、「先生」と声をかける。

「気持ちいいと思うので、しっかり見ていてくださいね」

「なにを？」クラウスが聞き返す。

リリィは笑った。

「先生の教え子たちが、小生意気なエリート共を余裕でぶっ倒すところです」

その笑みはやはり彼女たちに似つかわしい、偉そうなものだった。

「――極上だ」とクラウスは返す。

ミーティング終了後、クラウスは一人の少女に声をかけた。

「エルナ、怪我《けが》はいいのか？　無理はするなよ」

包帯だらけのエルナは「痛むけれど、休むなんてそれこそ無理なの」と言葉を返した。

クラウスは「そうか」と呟いた。「……今回の闘いが終わったら話がある」

エルナは不思議そうに首を傾《かし》げる。

クラウスは少し寂し気な表情をするだけで何も言わなかった。

かくして二十四時間後――『灯』と『鳳』の闘いの火蓋が切られた。

◇◇◇

決戦の舞台は「龍魂城砦《じょうさい》」と呼ばれていた。

行政が定めた呼び名は龍魂不法団地群。

一応、かつては龍沖が外敵から国土を守るために作られた砦《とりで》であったらしい。しかし、フェンド連邦の植民地となると、砦は取り壊され、広大な敷地《しきち》だけが残された。

そこに住み着いたのが、極東各国からの難民だ。世界大戦後、植民地や内戦から逃れるために、多くの人間が安全を求めて、龍沖に集い始めた。だがパスポートもない人間が来ようと仕事などあるはずもなく、彼らは廃墟《はいきょ》と化している龍魂城砦跡に住み着き始めた。

これが龍魂団地の始まりである。

いつの間にか住人は増え、それにつれて団地の増築が行われた。

住人が次々と砦を拡大させる勢いは、もはや行政が止めようもなく、結果、行き場のない人間が何千人と暮らす団地となった。無計画に住居が積まれていった結果、「一度入ったら出られない」「住人が遭難して餓死する」とまで言われる異様な空間は、やがてかつての「龍魂城砦」の名で市民から呼ばれるようになる。

龍魂城砦はもはや世界有数の巨大コンクリート都市だ。

最高階は十二階とも、十四階とも言われる。正確な数字は誰も知らない。

独自の経済も成り立っている。食品衛生法を無視した飲食店、闇医者、密輸した海外製品、非合法の重火器や麻薬、あるいは賭博《とばく》や風俗店まで。

元締めは鋼甕衆というマフィアだ。警察でさえ足を踏み入れない空間で、彼らが独自のルールを定めているという。彼らが行き場のない龍魂城砦の住人を支配している。

流出した機密文書は、この団地のどこかにある。

スパイたちは潜入する時刻を事前に定めていた。

龍魂城砦へ足を踏み入れれば、マフィアの見張りに見つかり、警戒されてしまう。排他的な龍魂城砦は、住民の偽装をして忍び込む手法は手間がかかりすぎる。タイミングを合わせて、一斉に突入して文書を奪うのがスマートなやり方だ。

勝負はあくまで公平に。

午後十時、『灯』は南から、『鳳』は北から、龍魂城砦に足を踏み入れる。

両スパイチームの闘いは、そのように静かに始まった。

◇◇◇

『灯』の司令塔――ティアは得意の交渉術で事前に一部屋を借り上げていた。

龍魂城砦の住人一人を、言葉巧みに誘惑して買収したのである。人がようやく横になれるだけの狭い空間であるが、作戦本部を立ち上げる。事前に得た地図（それも正確ではなさそうだが）を貼り、アネット特製の巨大無線機を設置した。

ここでティアは仲間に指示を送ることになる。無線で常に連絡を取り続けなければ、す

ぐに迷子になりかねない。

傍《かたわ》らに付き添っていたクラウスが小さく頷《うなず》いた。

「では僕は行くよ。過度な怪我人が出ないよう、様子を見ておくよ」

「ええ、お願いするわね」

ここでクラウスとティアが共にいること自体、少女たちのサポートになりかねない。正面からぶつかって勝つ、という今回の目的上、クラウスは離れるべきだった。

だが一歩部屋を出ようとしたところで、彼は歩みを止めた。

「ただ、これだけ広いと、どこで誰が脱落するのも分からないな」

龍魂城砦の中は、もはや住人でも全容を把握しきれない迷宮となっている。いくらクラウスといえど、全てを見通すことはできない。

すると、ティアが意外そうに「あら」と声をかけてきた。

「先生、最初の脱落者だけはハッキリしているわよ？」

「ん？」

「とりあえず『鳳』の一人が脱落するのは確定なの。不安なら見てあげて」

「大した自信だな」

「ええ、だって彼女が『確実に一人は仕留める』と断言したんですもの」

クラウスは、ほぉ、と感心した。

まさかの宣言だ。この複雑怪奇の迷宮で、しかも、『鳳』を相手取って撃退宣言をするものが現れようとは。一体そこまで吐けるのは誰なのか。

クラウスが見つめ返していると、ティアが微笑《ほほえ》んだ。

「私は彼女を自由にさせたわ」

とても朗らかな笑みで返してくる。

「先生を巡る闘いだったら何倍も実力を発揮する、恋する強い女の子を」

開始二十五分――両チームの衝突は、かなり早い段階から始まった。

◇◇◇

キュールは龍魂城砦の魔窟具合に圧倒されていた。

(ヤバいなぁ。一瞬でも気を抜くと、どこにいるのか分からなくなるかも……)

無計画に繰り返された増築が、複雑怪奇な空間を作り出している。

並ぶ建物同士の高さがバラバラなので、三階を歩いていると思ったら、四階に辿《たど》り着い

ていることがある。三階から伸びる階段が、直接五階に繋《つな》がっていることもある。

無限に広がっていくコンクリートの世界は、空気が澱《よど》んでいて、至るところから黴臭《かびくさ》さが漂ってくる。建物の奥深くに入っていけば、窓もない。開けっ放しの部屋から漏れてくる明かりをもとに、キュールは少しずつ内部に潜っていく。

また、侵入者を阻《はば》むものは、空間だけでない。

龍魂城砦に暮らす住民だ。

（……もう部外者がいるってことはバレてるか）

人とすれ違わないよう、気をつけて歩いているが、この空間のせいでどこに目があるのかも分からない。

住民同士の『見慣れない奴《やつ》らがいる』という声が聞こえてくる。彼らが直接、キュールたちに危害を加えることはないが、やがてその情報はマフィアにも及ぶだろう。

（もっと時間があれば、住人に成り済ますなり買収するなりできたんだけどな。ここの人たちが閉鎖的すぎて、少しの情報を集めるのが精一杯なんだよねぇ）

だが、泣き言を言っても始まらない。

条件は『鳳』も『灯』も同じだ。

キュールは閉店している歯科医院の前で足を止めると、耳を澄ませた。

――広範囲の音を収集する。

彼女の耳は、まだ起きている住人の話し声を正確に捉えた。

上層階で鋼甕衆のマフィアが慌てているらしい。正体不明の人間が団地内を徘徊《はいかい》していると知り、機密文書を守るために焦《あせ》っているのか。

（うん、今回もうまくいきそう）

機密文書の場所に推測が立ったところで、キュールは移動を開始した。

その足取りはずっと軽くなっている。

（正直、『灯』はあんまり恐《こわ》くないんだよね……大半は大したことなさそう……）

ここ最近のデータを見るに、任務のほとんどはクラウスと『氷刃』任せだ。不可能任務も彼らが中心に成し遂げたのだろう。

恐れるに足りない、というのが彼女の評価だった。

（順当に行けば、今晩にはクラウス先生がワタシたちのボスかぁ。楽しみだなぁ）

浮かれる心がある。

スパイとしての誇りとしても、そして、素敵な異性に憧れる乙女心としても。

彼と任務に挑んだ日を思い出す。世界最強のスパイは、想像よりもずっとスマートだった。不愛想《ぶあいそう》に見えたが、話してみると、ユーモアもあり気遣いもできる。

ゆえに、キュールは素敵な夢想をしてしまう。

（クラウス先生って今、恋人とかいないのかなぁ、なんて――）

「こっちにいたらしいぞ！　翡翠《ひすい》色の髪の女だぁ！」

罵声が轟《とどろ》き、妄想が遮られる。

しかも単体ではなく複数だ。かなり多い数だ。

え、と声が漏れる。

ほとんど反射的にキュールは物置に身を潜めた。何か異常事態が起きている。

キュールは耳を澄まし、罵声を一個一個認識していった。

「盗賊が出たぞぉ！」「狡猾《こうかつ》な女だ。俺は財布を盗まれた」「借用書を奪われた」「ぶっ殺すしかねぇ」「龍魂城砦の絆《きずな》を舐《な》めてやがる」「見つけ次第、捕まえるぞ」「翡翠色の髪のダサいメガネをかけた女だ」「キュールという名らしい」「ダサいメガネの女を探せ」

戦慄する。

「ちょっと待ってちょっと待ってちょっと待ってちょっと待って」

全身から滝のような汗が噴き出した。

身に覚えがない憤怒《ふんぬ》をぶつけられている。しかも龍魂城砦《じょうさい》の住人からだ。何十人もの人間が連帯し、キュールを探している。

（いやいや、なんで住民が躍起になってるの？　しかも、ワタシが目をつけられているの？　全員、倒す？　無理無理。相手は一般人だし、数も多すぎる‼）

今回の任務は、マフィアから機密文書を奪う想定だ。住民は敵でも味方でもない、灰色の存在。何千人といる龍魂城砦の住人を敵に回すほど、愚かな行為はしない。

ここの治安は最悪だ。捕まれば、最悪殺されかねない。

キュールは物置の奥に身を押し込んだ。その前を男たちが物々しい怒号と共に駆ける。

耳を澄ませ、物音がなくなった頃、そっとキュールは物置から出た。

すると、ちょうど物置前の部屋から別の人物が現れた。

「……キュール、大丈夫か？　何か思わぬ事態が起きているようだな」

「ヴィンドっ！」

『鳳』のリーダーが立っている。彼ほど頼りになる者はいない。

つい駆け寄っていた。一体なにが起きているのか、情報を交換しなければならない。

彼もまた歩み寄ってくれて、キュールは口元を緩める。

だが次の瞬間に気づく――違う。ヴィンドはこんな足音を立てない、と。

だが既に手遅れだ。

「コードネーム『愛娘《まなむすめ》』――笑い嘆く時間にしましょう」

まったく違う声が発せられた。

ヴィンド――とキュールが思っていた人物の顔の皮が剝がれ、中からグレーテの顔が現れる。彼女がすかさず振るう針が、薄暗い龍魂城砦の廊下で煌《きら》めいた。

針はキュールの腕に突き刺さる。

一瞬でキュールの全身が燃えるように熱くなり、崩れ落ちる。

「リリィさんが調合した毒です……しばらくは起き上がれませんよ……」

「カッ、はぁっ……！」

息が苦しくなり、キュールの意識は混濁する。

襟を摑《つか》まれて空き部屋に運ばれながら、全てがグレーテの策略だと悟る。グレーテはキュールに変装して、堂々と盗みを働き、住民を煽《あお》っていたのだろう。

（嘘《うそ》っ……この子、養成学校じゃこんなに嘘を扱えなかった……！）

記憶の片隅には、同じ養成学校で過ごしたグレーテの姿があった。

だが、それは落ちこぼれの無様だった。頭は回るが、体力がなく、ほとんど動けない。得意の変装も、男性恐怖症のせいで活《い》かしきれない未熟者。

格闘訓練で争った時は、何度投げ飛ばしてきたか分からない。

百戦争えど、グレーテに負けるなどあり得なかったのだ。

（なんで……ワタシだって弱いはずはないのに……っ！）

愕然《がくぜん》とする。

運び込まれたのは小さな空き部室だ。床が傾いているので、住居には適さないスペース。無計画な増築の結果、龍魂城砦にはこういった空洞のような部屋が何個もある。

その部屋でキュールは無様に倒れ伏す。

全身に回る毒は強力で、満足に指を動かすこともできない。

「……お久しぶりですね、キュールさん」

グレーテが静かな瞳で見下ろしていた。

「養成学校では、よく負かされていましたね……アナタは誰よりも優秀でした。みっともなく嫉妬した夜もあります……誰かから愛を与えられる人は、キュールさんのような聡明《そうめい》

な方で、醜く重たい自分ではないと……」

あくまで優しく穏やかな口調。

だが、どこまでも強い熱が込められている。

「ただ、それでも……今のわたくしには、どうしても譲れない方がいるのですよ……！」

強い口調とともに睨《にら》まれ、キュールは唇を噛《か》みしめる。

（一体、この子に何があったの……!? ワタシが知らない間に！）

そう、キュールは何も知らない。

『灯』に導かれ、クラウスとの恋に落ちた少女の爆発的な成長を。想い人の疲労を肩代わりするため、養成学校では燻《くすぶ》っていた才能を開花させた愛情を。

クラウスを懸けた争いで、グレーテが奮起しないはずがない！

「安心してください。この部屋は安全です。もっとも、わたくしがアナタの居場所を住人に伝えれば、アナタには制裁が下されるでしょうが……」

いまだ身体《からだ》が動かせないキュールに、グレーテはそっと語りかけてくる。

「――話してくれますね？ 『鳳』の全情報を」

紛れもない脅迫に、キュールは肌寒い絶望を感じ取る。

『鳳』との争いで、まず一撃を食らわしたのはグレーテの智謀だった。

◇◇◇

龍魂城砦北側二階――。

エルナがリリィと身を潜めていると、別行動を取っていたグレーテが戻ってきた。やけに清々《すがすが》しい顔で報告してくる。

「たった今、キュールさんを脅迫して、情報を聞き出してきました。『鳳』のメンバーの大まかな情報と行動場所……また機密文書はおそらく龍魂城砦の上層階にあるとのことです……もちろん、キュールさん自身は動けないようにしてあります」

「初《しょ》っ端《ぱな》から戦果がヤバいっ！」

驚愕《きょうがく》の声をあげるリリィ。

横で聞いていたエルナも当然、目を見開いていた。

（凄《すご》すぎるの、グレーテお姉ちゃん……）

開始早々にふらっと離れたと思ったら、大きな戦果をあげて戻ってきた。

養成学校全生徒の4位のキュールを瞬殺してきたらしい。

キュールの顔は割れていたこと、グレーテにとってモチベーションが高くなる闘いだった等を踏まえても十分すぎる活躍だった。

「ただ、その情報の真偽確認は必要なの」

エルナは冷静に呟《つぶや》いた。

キュールが嘘をついた可能性は十分に考えられるが――。

「……いえ、信じていい情報だと思います。わたくしの眼《め》には、キュールさんが嘘をついたようには見えませんでした」グレーテがコメントする。

「の？」

「ガタガタ震えておりましたので」

「何をやったのっ⁉」

「ただ、そうですね。念のため、ティアさんと連絡を取りつつ、確かめましょうか」

「今日のグレーテお姉ちゃん、恐すぎるのっ！」

三人は龍魂城砦の北側まで大きく移動していた。ティアがいるのは南端。遮蔽物が多いこの空間では、無線が直接通じない。

今回『灯』は無線を採用していた。普段は通信の傍受を警戒して非常時以外は用いない

が、代替手段であるサラの伝書鳩《でんしょばと》も扱いにくい。現在、アネットが無線の中継器を増設している。時間が経《た》てば、龍魂城砦全体で無線機を扱える予定だ。

少女たちはコンクリートが剝《む》きだしの廊下を、南へ進んでいく。

幸い、住人たちはキュール探しに気を取られている。移動は容易《たやす》かった。

「エルナちゃん」途中リリィが尋ねてくる。「その子、重くないです?」

「慣れたら案外、平気なの」とエルナは答えた。

今現在エルナは、頭にサラのペットである仔犬《こいぬ》を載せていた。彼は絶えず鼻を動かしている。自身を主張するように、ワン、と鳴いた。

「サラお姉ちゃんから借りたお守りなの」

「ただでさえ怪我《けが》しているんだから、無茶はしないでくださいね」

「頭に載せたまま走る程度、余裕なの」

仔犬は再び、ワン、と鳴く。

リリィはそれ以上追及することなく、移動に専念した。

龍魂城砦中央部に辿《たど》り着くと、ティアとの無線は繫《つな》がった。三階部と四階部を無理につなげた階段の隙間に入り、少女たちは無線機のアンテナを伸ばす。

《ええ、了解したわ。今すぐ、その情報は他メンバーと共有する》

グレーテが手短に情報を伝えると、満足そうな声が聞こえてきた。

《さすがね、グレーテ。今回はアナタが前に出て、正解だったわね》

「……ティアさんの強いお言葉添えがあったので」

参謀のグレーテが最前線に出ているのは、ティアの提案だったらしい。彼女の高いモチベーションを信頼しての考えだったのだろう。結果的に大正解だった。

エルナがこれからの動きを思案する。

（現状、八対五の人数差があるの……無理に争わずとも、人数をかけて機密文書を探せば、勝てるかもしれないの……）

グレーテの働きによって、形勢は有利に傾いている。

しかし、その直後だった。

《ッ！　アナタっ、どこから――》

無線機から不穏な声が聞こえてきた。

通信が途切れる。最後に聞こえてきたのは、無線機が壊される音。

グレーテ、リリィ、エルナの三人は顔を見合わせる。

その場にいる全員が事態を察する――ティアが敵に襲われたのだ。

開始四十五分――この時刻から戦況が乱れ始めていく。

リリィが手早く無線機をしまった。

「助けに行きましょう。わたしたちの場所とそう離れていません」

「エルナも賛成なの」「……ええ」

リリィの提案に、他の少女たちが同意した。

現状、ティアを襲ったのが『鳳』なのかマフィアなのか、判断がつかない。『鳳』ならば命までは奪わないだろうが、後者ならば別だ。

エルナたちは龍魂城砦《じょうさい》の南に向かって移動する。

南側の廊下には住人が多く、一切すれ違わずに進むのは不可能だった。

住人には姿を晒《さら》す覚悟で、駆け足で進んでいく。

「……わたくしに策があります」グレーテが提案する。「後でキュールさんの罪をもう二十個ほど捏造《ねつぞう》しましょう。より扇動すれば、わたくしたちも動きやすくなります」

「容赦がなさすぎるの⁉」

悲鳴をあげるエルナ。

ちなみに、グレーテはサラから『ボスとキュールさんが仲良く会話をしている光景を見

たっす』という情報を聞いて以降、敵意爆盛りだったりする。

今後の動きにも余念はない。

まっすぐに作戦本部まで向かえるのは、グレーテの才覚あってのことだ。無機質なコンクリートで形成された龍魂城砦は、最前線に立つスパイであっても方向感覚を失う。

グレーテに導かれるがままに移動すると、彼女たちは開けた場所に出た。

龍魂城砦の一階部分まで辿り着いたらしい。地面が剝き出しとなる。

いわゆるメインストリートらしい。幅二十メートルと、龍魂城砦にしてはかなり大きな道だった。それを挟むように、飲食店が並び、乱暴な字で『粥《かゆ》』『麺』『魚粉団子』と書き殴られている。

顔を上げれば、網のように交差する物干し竿《ざお》の奥から、半分に欠けた月が見える。

そこでグレーテが足を止めた。

「……エルナさん、気を張りつめていただけますか？」

「の？」

「誘い込まれました」グレーテが唇を噛んだ。「待ち伏せに絶好の場です……っ！」

その言葉でエルナも理解する。

――仲間の危機に急遽《きゅうきょ》駆けつけてくる『灯』のメンバーを、ここで一網打尽にする。

敵の立場ならば、それが最善の戦略。

そして、グレーテの予想は的中する！

「後ろなのっ！」と叫ぶエルナとほぼ同時に、人影が飛び出した。

三人の少女が横っ飛びするが、グレーテの反応だけがコンマ数秒遅れる。リリィがグレーテの腕を引くが、それでも間に合わない。

飛び出した影は疾《はや》い。草食獣を狩る獣を思わせた。

ナイフの峰が、グレーテの首筋を正確に打ち抜く。

「……ふぅん。三人まとめて倒す気だったんだがな」

その影は一瞬の内に、少女たちから離れて停止した。

全身がバネのような怪物的な瞬発力。ゼロから百へ、百からゼロへ。襲われたと思った瞬間には、既に彼は別の場所へ移動している。

影は口元を緩める。

「まぁ、一番厄介そうな女は倒したがな」

「ヴィンドさん……っ！」

リリィが歯嚙《はが》みをする。

エルナもまた戦慄する。今ここで絶対に会いたくない敵——ヴィンドだった。

「グレーテお姉ちゃん……」とエルナが呟く。

まるで糸を切られたマリオネットのようにグレーテの身体《からだ》が崩れていく。

エルナは倒れ行く彼女を優しく抱き留め、そっと地面に転がした。

ヴィンドは五メートルほどの距離を取ったまま、二本のナイフを両手に携えていた。蔑むような視線を投げかけてくる。

「……さっきからキュールと連絡が取れないが、お前たちの仕業か？」

「さぁ、なんのことでしょう？」

「弱いアイツらしい。くだらない慢心を抱いているからだ」

片手で顔を押さえるヴィンド。

その手が顔から離れる時、怒気に満ちた表情を覗かせる。

「まぁいい。おかげで目が覚めた奴《やつ》らも多いだろう」

「言い訳ですか？」挑発的にリリィが笑った。

「直《じき》にわかる」

彼は手の中でそっとナイフを回した。

「お前たちの方こそ舐《な》めるなよ？『鳳』の力を」

その威圧にリリィとエルナが同時に息を呑《の》んだ。

養成学校生徒総勢3098人のナンバー1──『飛禽《ひきん》』のヴィンドが牙を剝く。

◇◇◇

今回、『灯』は四つに分かれていた。

まずは『鳳』を積極的に妨害するモニカ。独力でエリートたちを翻弄できるのは彼女しかいないと判断し、『鳳』を見つけ次第、狩る役割だ。

次に、機密文書探しを優先的に行うリリィ、グレーテ、エルナ。住人の誰にでも変装できるグレーテ、屋内では制圧力のあるリリィ、そして、事故が起きやすい場で真価を発揮するエルナ。龍魂城砦と相性がいいメンツで固めた、『灯』の中核である。

そして、その中間であるジビアとサラ。彼女たちは無線から指示を受け、臨機応変に行動し続ける。どこにでも駆けつけられる身体能力を持つジビアと、サポートのバリエーションに富んでいるサラが適任だった。

最後に、情報伝達を担《にな》うティアとアネット。アネットが無線の中継器を設置して、ティアが無線を通じて仲間に指示を出す。

そして今、彼らはそれぞれの場所で敵と相対していた。

『灯』の作戦本部を構えていた部屋に、先に辿り着いたのはジビアとサラだった。

彼女たちもリリィ同様、突如連絡が取れなくなったティアを心配し、駆け付けたのだ。

ティアは部屋の中央に倒れていた。全身を縄で縛られて、床に転がされている。意識はあるらしく、目は開かれている。口元に猿轡《さるぐつわ》をされており、声が出せない状況だ。

誰かに襲われたことは間違いないが、入り口から見る限り外傷は見られない。室内にも人影はなかった。

「待ってろ、今助けてやる」

「だ、誰にやられたんすかっ⁉」

ジビアとサラは慌てて部屋の中に、足を踏み入れた。

その時、ティアとジビアの視線が重なった。

【ちがう】

すると、ジビアの頭に自然と言葉が流れてきた。

ジビアは反射的に足を止める。アイコンタクトでティアが何かを訴えている。

【ひだり】

ジビアは咄嗟《とっさ》にサラを庇《かば》うように拳を構えた。

部屋に置かれた冷蔵庫から、一人の青年が飛び出してくる。

「まさか気づかれるなんて、やりますね♪」

馴《な》れ馴れしく告げてくるのは、『翔破』のビックス。

甘いマスクをもつ童顔の青年だ。彼はその長い脚を大きく振って、回し蹴りを放つ。

「お前がティアをやったのか？」

ジビアは、ビックスの蹴りを受け止めながら尋ねる。

「まさか、こんなに早くティアが見つかるとは思わなかったよ」

「当然です♪　女の子のもとにすぐ駆け付けるのは紳士の嗜《たしな》みですよ♪」

どうやらビックスは動けるタイプのようだ。蹴りの重さから、それを察する。

だが、近接格闘ならばジビアもまた得意とするところだ。

彼女には特技がある。手が届く範囲ならば、あらゆるものを掠《かす》め取る窃盗のスキル。相手の武器を盗んでしまえばいい。こちらが一方的に武器を独占すれば、おおよそジビアに勝てる者は存在しない。

そう考え、彼女はビックスの身体に手を伸ばすが――。

「……あれぇ？　今、ぼくに何かしましたかぁ♪」

――何も盗めなかった。

彼の身体には、武器らしいものが存在しない。服の内側には見当たらなかった。

徒手空拳で闘う人間か、とジビアは推測する。

それならそれで一方的にナイフを使うだけだが――。

「コードネーム『翔破』――浮かれ砕く時間ですよ♪」

彼が大きく腕を振るう。

その手に握られていたのは、突如出現した警棒。

意表を突くような攻撃を、咄嗟にジビアはナイフで受け止める。

「――っ！」

一見、軽く繰り出された一撃。だが、ジビアは大きく弾《はじ》き飛ばされた。

まるで暴風に叩《たた》きつけられたように身体が吹っ飛ばされる。後方にいたサラを巻き込んで後転し、壁とぶつかってようやく停止する。

「あまり女の子には使いたくないんですけどね♪」

「……なんてパワーだよ、お前」

細身の身体からは、考えられないほどの怪力を秘めている。

たった一発を受け止めただけで意識が飛びそうになった。

視線を向けるが、既にビックスの両手から警棒は消え、何も握られていなかった。機嫌が良さそうに、ニコニコとした顔で立っている。

「一撃で倒せないのも、いいですね、女の子と長く遊べます♪」

「サラ」ジビアがビックスの戯言《たわごと》を無視する。「今、アイツがどこから武器を取り出して、しまったのか、見えたか？」

「い、いえ……見えないっす。どこにも……」

サラは震えるように細かく、首を横に振る。

彼女にも分からないようだ。

ビックスは何もない場所から警棒を取り出した。

完全に意表を突かれた。リーチが読めない。警戒すべきは怪力だと理解しても、その用いられ方が見えないのは闘いにくい。

（武器は警棒だけか……？　他にもあるとしたら、どこに隠し持っている？）

少なくとも相手を欺き翻弄する、その技術は知っている。

――詐術。

特技と嘘《うそ》を掛け合わせる、スパイの闘い方。

「全力で行きますよ？　ヴィンドくんよりも戦果を挙げたいので♪」

ビックスは空の両手を見せつけるように、ジビアに向かって腕を伸ばす。

養成学校全生徒の2位──『翔破』のビックスが立ちはだかる。

◇◇◇

その同時刻、モニカは龍魂城砦《じょうさい》の屋根で大きな欠伸《あくび》をしていた。

上弦の月の下に彼女は立っている。

視界には、団地の光景がひたすらに広がっている。苔《こけ》が生える薄汚れたコンクリートと、小さな窓から突き出る物干し竿《ざお》とラジオ用のアンテナだ。

モニカがいる場所は、龍魂城砦でもっとも高い建物の屋根だ。海から湿った風が届き、モニカの髪を揺らす。ここには団地中に充満する黴臭《かびくさ》さはない。代わりに焼き魚の匂いが漂ってきた。住人の誰かが、深夜の晩酌を始めているのだろう。

しばらく立っていると、首に纏《まと》わりつくような殺気があった。

屈《かが》んで、攻撃を避ける。頭上を何かが通過した。

あちらこちらから飛び出る物干し竿を足場にして、モニカは一段低い屋根に飛び移る。

「お、拙者の紐《ひも》を避けるとは、やるでござるな」

モニカがさきほどいた屋根には、小柄な少女が現れていた。

指先から、無数の紐が垂れ下がっている。

『浮雲』のランでござる。よしなに」

「ござる？」

「む、不評でござるな。良《い》いキャラ付けと思っているんじゃが」

「アホらしい」

厳しく吐き捨てて、モニカはランから視線を外した。

「他に二人いるでしょ？　見えているよ、デブ女とヘンテコお面野郎」

普通ならば視認できない角度――しかし、モニカが事前に仕込んだ鏡が、潜んでいる人物を可視化する。

指摘されて、二人のスパイが新たに姿を現した。

「えー、デブ女ってひどくない？」頬を膨らませる、ふくよかな女『羽琴』のファルマ。

「……是《ぜ》」とこの日も真っ白なお面をつけ、表情を見せない男『凱風』のクノー。

ランを含め三人のスパイが、ちょうどモニカを囲むように立った。

北の空に映えるように月下に笑って紐を構えるラン、そして、モニカを挟みこむように

南側で両手に拳銃を構えているファルマ、彼女たちより二段下の東側の屋上で何も構えず素手で直立しているクノー。

「三対一か。これが『鳳』の計画なんだっけ？」

屋上中央でモニカは息をついた。

グレーテがキュールから聞き出した情報は、彼女の耳にも入っている。

「……知っておったなら、なぜ身を晒《さら》している？」

ランが怪訝《けげん》そうに顔をしかめる。

「囲ってみろ、と言わんばかりに目立っていたが」

「楽じゃん。何もしなくてもクソザコが三人、群がってくれるんだぜ？」

挑発の言葉をかけると、ランが動き出した。

紐をしまうと同時に、自動拳銃を取り出して発砲する。狙いは、モニカの横にあるアンテナ。銃弾に弾かれたアンテナが、モニカの方へ飛んでくる。

モニカはそれを避けつつ、ん、と疑問を抱いた。

てっきりランの武器は紐かと思ったが、それで攻撃をしてこない。

「勝つ気はないでござるよ」ランが口にした。

「ん？」

「ヴィンド兄さんが断言した以上、それは真実。拙者たちでは三人がかりでも、お主には敵《かな》わん。勝利はとっくに諦めている」

モニカの背後では、ファルマとクノーの二人がまた潜伏を始めていた。

三人同時に襲いかかるような真似《まね》はしない。

「本気で来ないの？　臆病者め」モニカがせせら笑う。

「そんな挑発には乗らん。嘘をつくのは習慣でござる。この口調もその一つ」

ランもまた笑みで返してきた。

「全力など見せるものか。実力を偽り連携を偽り特技を偽り、何重にも詐術で覆いつくす。勝ちもプライドも捨てて時間稼ぎに専念するエリート三人をどう倒す？」

「………………」

「さぁ踊ろうぞ、天才殿。お主の仲間が朽ち果てるまで」

ランは愉快そうに告げ、再び銃口を向けてきた。

卒業試験3位『浮雲』のラン、5位『羽琴』のファルマ、6位『凱風』のクノー。

三人のエリートたちがモニカを翻弄し始める。

——開始七十五分。『鳳』と『灯』の本格的な潰し合いが始まった。

◇◇◇

龍魂城砦中央一階のメインストリート。

エルナとリリィの目の前には、悠然とナイフを構えるヴィンドの姿があった。一切の隙が無い。拳銃で応戦しようものなら、一瞬で距離を詰められ、手首を切られるだろう。

二人はアイコンタクトを取り、最善の選択をする。

――逃走。

わざわざヴィンドを倒す必要もないのだ。今回大事なのは、『鳳』よりも早く機密文書を奪取すること。

逃げればいい。幸い、フィールドは、逃げる場所には事欠かない龍魂城砦なのだ。

二人は一目散に建物内へ駆けていく。

「なるほど、悪くない選択だ」

背後ではヴィンドの落ち着いた声が聞こえる。

「本気で逃げ切れると思ってるならな」

殺気が迫ってくる。

エルナたちは必死に妨害をしながら逃げる。排水管の漏れを受けるバケツを倒し、使い捨てられたビニールパイプを放る。しかし、それをヴィンドはナイフで正確に打ち、追う速度を落とさない。確実に距離を詰めてくる。

「エルナちゃん、こっちです」

リリィが叫び、エルナを引っ張る。

そこは団地内の一室だ。二人がようやく暮らせる程度の狭い空間。誰かが暮らしている跡があるが、幸い住人の姿はない。リリィがなぜか「お邪魔します」と律儀《りちぎ》に告げて、土足で踏み込んでいく。

しかし、そこは当然、行き止まり。逃げ場はない。

ヴィンドは部屋に侵入し、容赦なくナイフを突き出してくる。

リリィがエルナの口を塞いだ。

「コードネーム『花園《はなぞの》』――咲き狂う時間です」

彼女のふくよかな胸元から放たれるのは、毒ガス。

エルナも知っている、リリィの十八番《おはこ》。

自分だけが効かず相手を麻痺《まひ》させる、反則じみた必殺技。

「……っ」

ヴィンドは即座にナイフを空振りさせ、身体《からだ》を横に逸《そ》らす。が、間に合わなかったようだ。正面から毒ガスを吸い込んだようだ。

一度踏みとどまったが、その身体は床に倒れ、ナイフを落とした。

「ふっ、相手が悪かったですね」リリィが満足げに胸を張る。「この天才リリィちゃんにかかれば、エリートなんて――」

「逃げるのっ！」

エルナはリリィの腕を引いた。

直後、リリィの首元をナイフが掠《かす》める。

倒れかかっていたヴィンドが跳ねるように浮き上がり、ナイフを振るっていた。

「正解だ」

事前に聞いていた通りだ。

圧倒的な身体のバネ。相手が勝ち誇った瞬間、一瞬で倒す彼の詐術――反撃瞬殺。

負けたフリがヴィンドの得意技。

空中に跳んだ彼は着地のタイミングで、膝をつく。

「……少し吸い込んだか」

それもまた演技かもしれない。近づいたところを反撃する気か。

判断がつかない以上、エルナたちは逃げるしかなかった。

部屋を飛び出し、再び龍魂城砦の内部を駆ける。

壊れそうな梯子《はしご》を上り、綻びだらけの廊下を抜けた。もはや東西南北の感覚は摑《つか》めていない。途中、住民とすれ違い目を丸くされるが無視して通過する。

空き部室を見つけると、そこにエルナとリリィは滑り込んだ。

ここも誰かが暮らしているらしい。質素な絨毯《じゅうたん》が敷かれている。その配置をエルナはすぐに確認した。流し台にはキッチン用品が積まれている。入り口には二メートル近くある、大きなクローゼットがあった。幸い、住人の姿はない。

壁に隠れながら、聴覚に意識を集中させた。

しかし、ヴィンドの足音は一向に聞こえてこない。

「……む、追ってこないの？」

「もしかしたら」リリィが呟《つぶや》く。「毒は効いていたのかもしれません」

「の……？」

「わたしの毒ガスは先生にも通じた毒なので」

リリィが苦しそうに呟いた。

「ガスだけでは直《じき》に動けるようになります。絶好の機会を潰しちゃいましたね」

「――っ」

その言葉でエルナは失策を悟った。

ヴィンドはしっかり毒ガスを喰《く》らっていたのだ。

いくら天才といえど、知らない攻撃を避けられるはずがない。一度の反撃は、最後の力を振り絞ったのだろう。彼はまともに動ける身体ではなかったのだ。

負けたフリ、か、か、フリ。

窮地を嘘で打開する、熟練したスパイの闘い方――詐術。

敵を翻弄し続け、自分のペースに引きずり込む、自分たちが持ちえなかった技だ。

「思い詰めちゃダメですよ」

すると、リリィが頭を撫《な》でてくる。

「これで判明しました。エリートといえど同じ人間。倒せない相手じゃありません」

「……の」

「逃げずに仕留めましょう。もうじき追いかけてくるはずです」

「………………」

リリィの励ましに、エルナは覚悟を決める。

このままヴィンドを放置すれば、続々とメンバーが脱落する危険性があった。彼に奇襲

を掛けられて、対抗できる者は存在しないだろう。待ち伏せという好条件で闘えるタイミングは今しかない。

自分が倒すのだ――養成学校全生徒の頂点を。

「策があるの」

エルナが口にする。

「サラお姉ちゃんから借りた犬を使うの。まず近づいたタイミングを察知するの」

「お、とうとう用いる時が来ましたか」

「その後で目を潰すの。アネット特製の超強力ライトなの」

「はい。なんでも作りますねぇ、アネットちゃん」

エルナは頭に載せていた仔犬《こいぬ》を下ろし、ヴィンドが落としたナイフを嗅がせた。

そして、リリィはエルナから受け取ったライトを点《つ》けたり消したりして、動作を確認する。部屋全体が昼間と見まがうほど、強烈な閃光《せんこう》が放たれる。

サラのペットと、アネットの発明品。特殊班の仲間から譲り受けた物で立ち向かう。

リリィが感心したように頷《うなず》く。

「なるほど。で、結局その後はどうやって仕留めるんですか？」

「部屋中の物を投げつけるの！」

ちょうど、その時に仔犬の鼻が動いた。ヴィンドがやってきたサイン。

リリィが部屋入り口に向かってライトを照射し、エルナが流し台に置かれたフライパンやステンレスボウル、まな板などを投げつけた。

通路から現れたヴィンドは無言で、キッチン用品を弾き、リリィに肉薄する。視線を塞ぐ行動など、まるで意味をなさないような疾《はや》さだった。

が、このタイミングをエルナは待っていた。

「コードネーム『愚人《ぐじん》』——尽くし殺す時間なの」

エルナは絨毯を足で力いっぱいに引っ張った。

ク、ク、クローゼットが倒れる。

エルナには倒れやすい家具を見抜くことなど造作もない。

ヴィンドの背後にある巨大なクローゼットが倒れようとしていた。

「雑っ⁉」

「——っ」

さすがのヴィンドも呆気《あっけ》に取られたのか、目を見開く。

「今度こそ‼」

そして、その隙をリリィは逃さない。

すかさず次なる毒ガスを放出する。そのガスは再びヴィンドに直撃した。

両手で口を塞ぐエルナはその成功を悟る。

（これでもう毒ガスを吸い込むはずなの……）

思わぬ事故に見舞われた時、人は咄嗟《とっさ》に呼吸をするはずだ。毒ガスを吸う。

リリィの毒だけでは敵《かな》わないのなら、自身の事故を重ね合わせる。仲間とのコンビネーションは、エルナが『灯』で一番に磨き続けてきたことだ。

『灯』にあって『鳳』にはないもの――それはクラウスと過ごした日々。

（エルナたちには、せんせいと積み重ねてきた訓練があるのっ……‼）

自分に言い聞かせ、エルナは発奮する。

毒ガスと転倒する家具の二つの攻撃が、同時にヴィンドへ襲い掛かる。

勝った、と頭が判断する。

目の前の光景に心が跳ねる。そう反応してしまう――たとえ彼の詐術を理解しても。

「良い夢を見られたか？」

直後、ヴィンドの姿が消えた。

気づけば彼はリリィの横に立っていた。まるで最初からそこにいたように。

え、と少女たちは呆然《ぼうぜん》とする。

「お前の攻撃はもう見た。息さえ吸わなければ対処できる」

ヴィンドの両手のナイフが、リリィの肩と首を同時に打つ。

「……っ」リリィが息を吐き、その場に崩れ落ちた。

彼女の手から零《こぼ》れ落ちたライトが、つけっぱなしのままエルナの足元に転がる。

「単純だな。一度毒を喰らってやれば、お前たちは立ち向かってくる。手間が省けた」

ヴィンドはつまらなそうに口にする。

負けたフリ、か、フリのフリ、か、フリ。

全ては彼の術中だったのだ。わざと相手の攻撃を受け、手段を分析し、次で仕留める。

「リリィお姉ちゃん……」

グレーテに続き、リリィもまた敗れ散っていく。

そして、それと同じくらいにエルナの心を揺さぶったのは、ヴィンドの体術だった。

「言っておくが――自分たちだけが特別な指導を受けていると思ったら大間違いだ」

彼の言葉に、エルナの身体から血の気が引いていく。

彼の足捌《さば》きを見たのが初見だからではない。二回目だからだ。まるで瞬間移動のような緩急が激しい動きを、彼女は知っていた。

――クラウスと同じ足捌き。

ミータリオで『紫蟻《むらさきあり》』という敵に見せた本気の一撃だった。

ヴィンドはなぜかその技術を習得している。

愕然《がくぜん》とする。味方は次々といなくなり、エルナ一人。

クラウスは助けてくれず、他の仲間もどこにいるのか不明。無線は断たれ、助けを呼ぶこともできない。この迷宮のような龍魂城砦《じょうさい》で、偶然の助っ人《すけと》など期待できない。

口から洩《も》れるのは一つだけだ。

「不幸……」

「……何を言っているんだ、お前は？」

するとヴィンドが不思議そうに言葉をぶつけてきた。

「不幸？　違うだろう。全てはお前の過失だ」

「え……」

「お前はもしかして、自分が不幸体質とでも思っているのか？」

「…………………………」

何が言いたいのか分からず、エルナは黙るしかなかった。

ヴィンドが呆《あき》れたように息をつき「理解していないのか」と口にする。

「違う、お前はただ愚鈍なんだ。全てはお前の過失から始まっているんだ」

「…………」

「俺たち『鳳』は、『灯』が任務を失敗させたスキに乗じて、ボスを奪うことにした。けれど、そもそも『灯』の任務の失敗はなんだ？　紡績工場の社長室のボヤ騒ぎだろう？　アレでお前が火傷《やけど》を負い、失敗に終わった」

「…………」

「そのボヤ騒ぎの原因には気づいているか？　お前が動かした金魚鉢だ」

「――――」

「収《しゅう》れん火災と言うんだ。差し込んだ夕日がガラスで屈折して、一点に集まり蓄熱する。それで社長室の絨毯が発火し、酸素が無くなり燻《くすぶ》っていたところに、お前たちが扉を開け、再燃焼した。いわゆるバックドラフト現象。それが、お前が喰らった爆発の正体だ」

「――――」

「もちろん、俺は感謝しているよ。お前が自爆したおかげで、楽に仕事ができる。愚かな過失で仲間の足を引っ張り続ける、無様な生き方の女。『灯』の穴はお前だ」

ヴィンドは宣告する。

「もう一度言う。お前は不幸じゃない――『灯』に不幸を呼ぶ愚か者だ」

開始九十二分——鋭利なヴィンドの言葉が、エルナの心を叩《たた》き割ろうとしていた。

4章　理想と現実

クラウスは龍魂《ロンフェン》城砦中央部で闘いを見届けていた。

予想どおり、両者とも機密文書の捜索を後回しにして、相手を脱落させることを優先させたようだ。苛烈な潰し合いが各所で繰り広げられている。

クラウスは素早く移動しつつ、両者の動きを把握していた。

先ほどは、ヴィンドがグレーテを撃破した瞬間を目撃できた。その後、リリィとエルナは逃走し、ヴィンドが追いかけていった。

（なるほどな）

その光景を見届け、クラウスは感心する。

（ヴィンドの任務成功率がやけに高いとは感じていたが、あの足捌き……おそらく『焔《ほむら》』のメンバーから秘伝の重心移動を教わっているな）

目《ま》の当《あ》たりにして、ようやく彼の強さに納得した。

きっとクラウス同様、偉大な人物から手解《てほど》きを受けたのだろう。

それを確認すると、クラウスはメインストリートに降り立った。

そこには、気を失ったグレーテが放置されていた。誰も保護する余裕がないのだろう。

クラウスが彼女のそばに近づくと、グレーテは僅かに目を開けた。

「……ボス、ですか？」

「大丈夫か？　安全な場所に移動しよう」

クラウスはグレーテの身体《からだ》を横から抱きかかえた。

彼女は途端に顔を紅潮させ、「え……」や「ぁ、あの……」と言葉にならない声を発していたが、やがて力を抜き、そっとクラウスに身を預けてきた。

「ボス……すみません、負けてしまいました……」

「お前は一人、倒しただろう。よくやったな」

クラウスは既にキュールを保護している。彼女の口からグレーテの活躍は聞いている。

「後は別のやつに任せて、休むといい」

「でしたら、このまま少し……」

「あぁ、構わない」

グレーテがクラウスの服をそっと握りしめる。

最近は任務が忙しく、グレーテに構えないでいた。多少のワガママは聞く気だ。

クラウスはグレーテを屋内へ運んでいく。

「あのヴィンドさんの動き……」運ばれながらグレーテは口にする。「ボスの動きと酷似しておりました……何か心当たりがありますか？」

彼女もまた気づいたらしい。

クラウスは頷《うなず》いた。「あれは『焔』の技だ」

「『焔』の……？」

「ゲルデという女性の足捌きだ。コードネームは『炮烙《ほうらく》』。僕はゲル婆《ばあ》と呼んでいた。ヴィンドはどこかでゲル婆と会い、その技術を習得したんだろう」

不思議なことではない。『焔』は世界中どこへでも駆けつける機関だ。出会う機会はいくらでもある。

――『紅炉《こうろ》』のフェロニカが、ティアと出会って魂を託したように。

――『炮烙』のゲルデもまた、ヴィンドに技術を託していたのだろう。

（『焔』の想《おも》いは、広く継がれているようだな……）

ゼロから百へ、百からゼロへ。鋭い緩急のステップはゲルデの奥義《おうぎ》だ。

ゲルデは小銃を連射しながらこの足捌きを駆使していた。六十を超える高齢になっても、銃撃戦に飛び込んでいった。若い頃は陸軍に所属し、無数の男を差し置いて戦果を挙げて

いたらしい。世にも恐ろしいババアである。

もちろん、クラウスは取得済みのスキルである。

この足捌きが敵を屠《ほふ》る速度は理解している。

「誰にでも習得できる技術ではないし、ゲル婆もあまり広めなかった。どうやらヴィンドは気に入られたようだな。あの人の御眼鏡に適《かな》う人間なんて珍しい」

「……止める手段はありますか？」

「難しいな。遮蔽物が多い空間では近接戦闘になりがちだ。もしヴィンドがゲル婆の足捌きとナイフ術を組み合わせていれば、ともすれば『屍《しかばね》』とも渡り合えるかもしれない」

「…………！」

クラウスの評価に、グレーテは目を見開いた。

だが、誇張とは思っていない。

『紫蟻《むらさきあり》』の命令で、世界中で暗躍していた暗殺者『屍』。各国のスパイが一人や二人の《働《はたら》き蟻《あり》》に苦戦する中、十二人の《働き蟻》を返り討ちにしてみせた。

この龍魂城砦内部に限れば、ヴィンドの実力は彼に並ぶかもしれない。

リリィやエルナではまず勝ち目がない。このままでは敗北は濃厚だ。

「アイツらが飛躍的な成長をできるのかが勝負のカギだな」

訓練期間が十分だったとは言えないし、クラウスも長い時間付き添えなかった。

だが、逆転の秘策は授けてある――詐術だ。

もし彼女たちの誰か一人でも習得していたら、『鳳《おおとり》』とも渡り合えるはずだ。

「…………大丈夫ですよ、ボス」

すると、グレーテが声をかけてくれた。

視線を下ろすと、クラウスの腕の中でとても安らいだような笑顔があった。

彼女は「今回気づいたのですよ」と前置きをして語りだす。

「わたくしたちは『灯《ともしび》』が大好きで、誰かが欠けようとすると奮起するんです……良くも悪くも仲間意識が強いんです……」

クラウスは、そうだな、と同意する。

落ちこぼれ同士の連帯力なのか。少女たちは『灯』への依存心が強い。クラウスもまた大切に感じているが、彼女たちはそれ以上だ。

臆病なサラでさえ、『鳳』に勝つために龍沖《ロンチョン》マフィアを相手どった。

彼女たちは思わぬタイミングで真価を発揮する。

「……失われる相手がボスならば、猶更です。それだけでなく、この騒動のせいでエルナさんまで怪我《けが》を負った。全員が猛《たけ》っています。リリィさんとジビアさんは特に」

「…………………………………………………………………………」

「成し遂げてくれますよ……わたくしはそう信じております……」

力強い断言だった。柔らかい口調ではっきりと告げてくる。

クラウスは、そうだな、と短く返事をした。

確かに期待するしかない――逆境に追い込まれた時の『灯』の爆発力に。

◇◇◇

「もう一度言う。お前は不幸じゃない――『灯』に不幸を呼ぶ愚か者だ」

ヴィンドの言葉は、エルナの胸の奥深くに突き刺さった。

喉が苦しくなる。足が震えて、涙が零《こぼ》れ落ちそうになる。無様を晒《さら》していると理解しながらも、目を伏せるしかなかった。

――ヴィンドは真実に辿《たど》り着こうとしている。

――エルナが隠している、大きな秘密に。

逃げることも忘れて、黴臭《かびくさ》い部屋に立ち尽くすしかなかった。

このまま身体中に黴が生え、やがて腐り果てて朽ちていく妄想をする。もしそんな運命ならば、どれだけ楽だろう。

しかしエルナの心臓はいまだ動き続け、生命活動を止めてくれなかった。

無様を晒したまま、エルナは生きている。

「……違いますよ」

思わぬところから声があがった。

リリィだった。一度ヴィンドのナイフに肩と首を打たれ、失神したはずだが、もう意識を取り戻して立ち上がろうとしている。

「タフだな、銀髪の女」ヴィンドが感心したように目を細める。「普通の人間なら、とっくにくたばっているとこだ」

「ノーダメージです。モニカちゃんの本を濡《ぬ》らした時に、殴られた拳の方が効きました」

「……その比較はよく分からない」

「ジビアちゃんの顔に落書きした時に、殴られた拳の方が十倍効きました」

「……仲間から殴られすぎだろ、お前」

「アナタなんて大したことない」

リリィは堂々と立ち、ヴィンドを睨《にら》む。

「そんな弱者の言葉は響かない。わたしの仲間への侮辱なんて聞くに値しません」

そう言い放ったあとで、リリィはエルナを庇《かば》うような位置に移動した。

エルナはその背中を見つめることしかできなかった。普段ふざけているリリィの後ろ姿が、やけに眩《まぶ》しく見えた。

リリィの拳が細かく震えている。

──激怒してくれているのだ、自分のために。

エルナの喉の奥が熱くなる。勝負の場でなかったら、泣いていたかもしれない。

ヴィンドは「言ってくれるな」と僅かに口の端を曲げた。

「俺は事実を指摘しているだけだ。言ったはずだ。全部コイツの過失だ、と。俺が言っているのは、何も任務の失敗だけじゃない」

「……他にもあると？」

「この勝負直前の転落事故。大事な闘いの直前に、コイツは怪我をしているが、それについてはどう思っている？　俺たちが追い込んだせいで、彼女が落ちたとでも？」

ヴィンドの声は冷たい。

「いいや違う。原因は熱だ。柵の根本を調べたら、熱が加えられた痕跡があった。元々丈夫ではなかったことに加え、歪みやすくなっていたんだろう。原理はさっきと同じ。光の

収《しゅう》れんだ」

ヴィンドは淡々と告げる。

「目撃情報はあった。水晶玉を長時間構えていたガキ。太陽光を水晶玉で屈折させ、長時間、柵に当てていたんだな。だから少しの体重がかかっただけで、アルミ柵は歪んだ」

「…………」

「ここまで連続で事故を起こせるのは、さすがに不運とも言えるがな。だが、スパイにそんな言い訳は通じない。全部、過失。ついでに言えば、自滅だ」

リリィは苦しそうな表情で言葉を出そうとするが、後が続かなかった。そして、一度エルナの方を振り向いた。

その瞳に浮かんでいたのは、困惑の表情。

エルナは悲鳴を上げそうになった。

――やめてほしい。

今すぐ叫びたかった。

――これ以上、自分の恥を晒し上げるのはやめてほしい。

「ついでにもう一個、告げてやろうか？」

しかし、ヴィンドは容赦することなく指を立てる。

「これは推測が混じるが、幼少期にコイツが遭った火災もおそらくコイツの過失だ。金髪の言葉には疑問がある。火災は夜に起きた。いつの間にか火が燃え広がっていて、家は全焼。生存者はガキ一人。目撃者はおらず犯人は捕まっていない。そうだな？」

「それのどこに疑問が――」

「なら教えてくれ。なぜ火元が火炎瓶って断言できる？」

「………っ」

リリィが目を丸くする。

彼女もまた気が付いてしまったのだろう。

最も原始的な火炎瓶は、酒瓶に灯油やガソリンを入れて、そこに布で蓋をすることで作られる。

つまり一度投げて割れてしまえば、現場には割れた瓶と燃えカスしか残らない。

燃え跡から火災が発生した部屋まで特定できたとしても、その原因を特定することは難しい。なのに、エルナはハッキリと『火災の原因は火炎瓶』だと語った。

「しかも、昼間、両親は酒を買い込んでいたと言っていたな。リビングの火災跡に知らない瓶が転がって、幼い少女がなぜ火炎瓶と証言できる？」

ヴィンドは語り続ける。

「だから俺は想像する。火災原因が火炎瓶だと証言できるのは、生存者しかいない。つまり彼女は火炎瓶が投げ込まれる現場を見たんだ。けれど疑問が残る。発火現場を見たなら、すぐ家族を起こせばいい。火炎瓶は強力だが、瞬《また》く間《ま》に貴族の屋敷《やしき》を全焼させる力はない。なのに、なぜ家族全員が亡《な》くなっているのか？　答えは一つ。金髪は自分だけ先に逃げた。火災自体は人災でも、家族が亡くなったのは金髪の過失。それが俺の推測だ」

「…………………………………」

エルナは全身の血が凍り付いたように動けなかった。

うまく言葉が紡《つむ》げなかった。

ヴィンドの聡明《そうめい》な頭脳は、真実に限りなく近いところを捉えていた。

彼の厳しい視線は、エルナの心を見通しているようだ。足から力が抜けそうになる。

この場で立っているのも必死だが――。

「………で？」

隣のリリィは一切、動じていなかった。

「アナタの勝手な推測になんの意味があると？」

「……話すよう促したのは、お前なんだが」

「そんな事実はどうでもいい」

「ただの親切だ。愚かな生き様のスパイは無様な闘い方しかできない」

彼は腕を振るうと、新たなナイフを袖口から取り出した。右手に三本、左手に二本、彼は指の間に挟み込むようにナイフを構えた。

臨戦態勢に入ったらしい。

「早く切り捨てた方がいい――俺がやってやろうか？」

「本当にアナタとは話が合いませんね」

ヴィンドが声音に殺気を滲《にじ》ませた時、リリィが動いた。背中から一本の棒を取り出し、身体《からだ》の前で構える。奇妙な凹凸がある、金属の棒。

「アネットちゃん特製武器、試作品ナンバー72」彼女が吠《ほ》える。「【廃――」

「試作品ごときが通じるものか」

しかし、ヴィンドの方が速い。

彼は武器を使う暇さえリリィに与えない。緩急が激しい足捌《さば》きでリリィに近づき、ナイフの峰でリリィの手首と顎、そして、トドメと言わんばかりに側頭部を打った。

リリィの身体が横に傾いていく。

「エルナちゃん……っ」リリィの唇が動く。「時間を稼ぎます。逃げてください……っ」

エルナは泣きたくなる気持ちを堪《こら》え、その横を走った。

リリィが決死の覚悟で作ってくれた逃走ルートだった。

「逃がすか、金髪」

背後からヴィンドの腕が伸びてくる。

――捕まる。

そう恐れた瞬間、ヴィンドの腕が止まった。

振り向けば、ヴィンドの足を捕まえているリリィの姿があった。既に目は虚《うつ》ろであるが、彼女は爪が食い込むほど強く、彼の足を握りこんでいる。

「本当にタフだな」

ヴィンドがナイフを振りかぶった。

「いい加減、失《う》せろ」

鈍い音が部屋に響く。ヴィンドがナイフの柄で殴ったらしい。

ヴィンドVSリリィ、という絶望的な対戦カードが切られようとしている。

（ごめん、なの……リリィお姉ちゃん……っ！）

ズタズタに心が引き裂かれるような気持ちで、エルナは龍魂 城砦《じょうさい》の通路を走り出した。

◇◇◇

開始百十五分――闘いは続く。

『百鬼《ひゃっき》』のジビア、『草原《そうげん》』のサラVS『翔破《しょうは》』のビックス。

この三名の闘いで、終始冷静に立ち回っていたのは優男《やさおとこ》ビックスだった。

数度ジビアと拳をぶつけ合わせ、実力を測って戦略を組み立てる。そして龍魂城砦内の廊下を広く使い、移動を繰り返す。

彼が落ち着けた理由は一つだ――『鳳』はさほど『灯』に興味がないのだ。

(……正直、興味があるのは、クラウス先生だけなんですよね♪)

『灯』の人間が、エリートに劣等感を抱いているのは間違いない。

しかし、一方『鳳』には落ちこぼれの少女たちに何の感慨もないのだ。

ビックスは微笑《ほほえ》む。

(不可能任務を達成したことは尊敬しますが、結局はクラウス先生頼りですよね♪　ただの落ちこぼれではないでしょうが、特別優秀という程でもない♪)

だからこそ、彼はクレバーに立ち回る。

彼の見込み通り、さっそくサラが闘いについていけず離されている。

ジビアと廊下を移動していき、やがてその先端まで辿《たど》り着いた。

そこにあるのは落下防止の小さな柵のみ。

ジビアとビックスは同時に柵を飛び越え、龍魂城砦の外へ躍り出た。

(互いに十分に動く広さがあれば、後は戦闘技術の世界です♪)

ビックスの特技は怪力だ。

細身の体軀《たいく》に見えるが、その広背筋は肥大化している。その常人離れした筋肉は、大きなパワーを生み出す。パンチの際に使うのは背中の筋肉とされる。

また彼はその巨大な広背筋に、武器を収納させていた。

一見、何も持たないように見える様で、相手の意表を突く。

『怪力』×『隠匿』——無尽剛腕。

それがビックスの編み出した詐術。

リーチが読めない武器は、ビックスの怪力によって全てが一撃必殺となりえる！

「——っ！」

ビックスは背中から取り出した鞭《むち》を大きく振るった。

拳とも警棒とも全く違う、中距離からの攻撃。

ジビアは寸前でのけ反って回避する。いい反射神経をしている。

「アンタっ、マジでどっから鞭を取り出してんだよ⁉」

「さぁ、どこからでしょう？　うーん♪　次は槍《やり》でも出しましょうかね？」

「え？　そんなのも持ってんの？」

「気になりますか♪　アハハ、ぼくから目を離さないでくださいね？」

戸惑うジビアを、ビックスはからかってみせる。

もちろん広背筋に収められる武器など、小さなもので四個が限界だ。

ビックスが所持するのは、鞭、警棒、拳銃、メリケンサックのみ。槍など隠し持てるはずもないが、ハッタリで翻弄する。

養成学校全生徒2位という称号に恥じない実力を、ビックスは有している。

二人が辿り着いたのは、物が何も置かれていない空き地だった。これから更に龍魂城砦が増築されるのか、整えられた剝《む》き出しの地面が広がっている。

(この子は窃盗が得意のようですが、ぼくには通じない♪　次で仕留めましょうか♪)

ビックスの怪力さえあれば、格闘で負けるとも思えない。

騙《だま》し合いでも、ジビアが翻弄されているのは明らかだ。

「さ、行きますよ♪　急がないとヴィンドくんに先を越されてしまいます♪」

取り出した鞭を背中に収納し、メリケンサックに持ち替える。彼の怪力を十全に発揮する武器は、ここぞという場面で用いる。

カウンターで仕留めるため、ビックスは腰を落とした。

「…………」

だが、ジビアは攻めてこなかった。

拗《す》ねたように唇を尖《とが》らせ、構えていた手を下ろした。

「……ヴィンドか。あたしなんか眼中にねぇってか」

「ん？　ええ、そうですが♪」

「気に食わねぇ。けど、そういうもんか。お前たちはエリートだもんな。下なんか見つめても仕方ねぇか」

ジビアは、腹立つなぁ、とぼそりと呟《つぶや》いた。

その態度を見て、ついビックスは笑みを零《こぼ》していた。

「あはは♪　ぼく、ずっと納得できないことがあるんです♪」

「あ？」

「不思議なんです♪　なぜかね、底辺の人間ほど些細《ささい》な評価に執着するんですよ♪　出身

学校とか、養成学校の成績とか。ぼくは、死ぬほど、どうでもいい。本来その評価軸を否定するべき底辺の人間が僅かな差異にこだわる♪　広い世界を見ろよ♪」

　それは彼がずっと抱き続けている違和感だ。

　養成学校時代から、彼は成績に関心はなかった。

　彼は遥《はる》か高みにいるスパイを知っている。世界最高のスパイ『紅炉』、国籍不明の義士『桜華《おうか》』、ライラット王国最強の防諜《ぼうちょう》屋『ミケ』、そして、同世代の新人でありながら一瞬で頭角を現す『飛禽《ひきん》』のヴィンド。

　それを比較した時に込み上げてくるのは、悔しさと劣等感だ。

　エリートだから何なのか？　養成学校ごときの成績になんの意味がある？

「エルナさんでしたっけ？　ぼくたちに張り合おうと努力し、訓練途中で事故に遭った女の子♪　狭い枠組みに囚《とら》われ、視野を狭《せま》くし自滅なんて――カッコ悪いですね♪」

　ついでに挑発をしてみせる。

　軽薄な態度で敵のペースを乱すのもビックスの得意技だ。

「…………………………」

　案の定ジビアは怒りを滲ませていた。空気さえも焦がすような強い怒気を放っている。

　ビックスは改めてカウンターの心構えをした。

「……確かにそうかもしれねぇな」

ジビアが小さく呻《うめ》いた。

「あたしたちは小さいものに固執している。アンタからしてみれば、些細な話だ」

「えぇ♪　みみっちいです♪」

「けど仕方ねぇだろ。アンタの言葉が正しかろうが、養成学校の狭い寮室を思い出す度に、心がみっともなく痛むんだよ。それを笑い飛ばせるようなカッコいい大人にはなれなかったよ。あたしも、あたしの相棒も！」

彼女は跳ねた。

「不愉快だよ、お前――使いたくねぇ技術を使ってやる」

「………………？」

次にビックスが体験したものをどう説明すればいいのか。

脳にぼんやりと空白ができたような感覚だ。

目の前にいる人物の気配が一切捉えられなくなる。自分は誰と闘っていたのか？　ふっと蝋燭《ろうそく》の火が掻《か》き消えるように、今まで抱いた少女の情報が消える。

そして次の瞬間――ジビアが目の前にいた。

「――ッ‼」

ビックスはすぐさまに飛びのいた。

すぐにジビアと距離を取る。

そして脳が侵されたような奇妙な感覚を整理する。

（……一瞬、彼女を認識できなくなった？　あり得ない。でも、そうとしか思えない）

視線の先では、ジビアが指をコキコキと鳴らしている。

次の準備をするように、静かな怒気を放っている。

（おそらく、これが彼女の『窃盗』の肝……相手の認識から外れ、物を掠《かす》め取るんでしょう。えぇ、スリ師としては最高のスキル……だが、どう考えてもそれ以上に――）

ビックスは唾を呑《の》んだ。

（――人殺しの才覚ですよ、今のは……っ！）

想像する。

相手に近づき、内ポケットから財布を掠め取るその指先を、もしほんの少し肉体の内側に食い込ませたら？　爪をナイフのように研ぎ、心臓に押し当てたら？

普通のスリ師には不可能でも、ジビアにはできる。

そのための筋力と格闘センスを持ち合わせている。

（この子、一体どこでこんな技術を……）

うすら寒い感情を抱いた時——またジビアを認識できないでいると思い至る。

気づけば、ジビアはビックスの懐《ふところ》に飛び込んできていた。

「けどよ、こんなあたしらを『極上だ』って言ってくれる奴もいるんだぜ？」

ジビアが短く告げ、ナイフを振るってくる。

厄介だった。騙す余裕さえ与えられなければ、当然、詐術は扱えない。

「こっちを見ろ。カッコ悪い落ちこぼれの闘い方を披露してやんよ」

ジビアの攻撃を、ビックスはギリギリ警棒で受け止めた。

彼女の評価を改めざるを得ないのは明らかだ。計画の大幅な修正を強《し》いられていた。

◇◇◇

ビックスが『灯』の認識を改める頃、ヴィンドもまた意外な心地を味わっていた。

エルナが逃げたことで組まれた、ヴィンドとリリィのリーダー対決は、ほとんど一瞬で決着がついた。

ヴィンドが完勝する。

リリィには何もさせなかった。道具を取り出す前に制圧した。

彼は得意のナイフ術でリリィの頭を打つ。さっきは一度意識を飛ばさせたが、すぐに回復されたので、更に強めに二連撃。

リリィの身体《からだ》から、ふっと力が抜ける。

彼女は踏ん張ろうとしたようだが、足に力が入らず、顔から床に倒れ込む。

ヴィンドは横たわるリリィをしっかり見届けた。

（……さすがにもう起き上がれないだろう）

常人に振るえば、脳機能に損傷が出る可能性さえある攻撃だ。

やりすぎかと思ったが、力を抜くこともできなかった。

彼の役目は『灯』メンバーの排除だが、想定よりも粘りを見せている。さきほど逃げたエルナを追いかける必要があった。廊下の先へ足を向ける。

「………待ってください」

だが、その直後にまた聞き覚えのある声が耳に届いた。

「――――っ！」

戸惑いつつ振り返る。

そこには壁に摑《つか》まりながらも立ち上がっているリリィがいた。

さすがのヴィンドも困惑する。

（なんだ、コイツ……動けるはずがない。普通の人間ならとっくに気絶している……）

彼女は衝撃を受け流す技術を持っていないはずだ。ヴィンドからのダメージは全て食らっている。これまでいかなる敵も昏倒《こんとう》させてきたナイフ術だ。軍人もマフィアも敵スパイも、ヴィンドに襲われた人間は動くことさえできなくなる。

それでも立てるならば、考えられるのは一つ。

——度を越えた、強靱《きょうじん》な精神力。

あまりにふざけた話だが、他に説明しようもない。

タフすぎるのだ、この女は。

「お前は一体なんなんだ……？」

「天才リリィちゃんです」リリィが呟く。「……上手なのは、時間稼ぎ」

「あの金髪のためか……そんなに仲間が大事なのか？」

「さぁ……仲間を守ろうとする自分が、とっても大好きなだけかも……」

「分かり合えないな、俺とは」

「ええ。わたしも、アナタが……嫌い…………」

それが限界だったらしい。

彼女はいくつかの罵《ば》詈《り》雑言《ぞうごん》を呟きながら、前のめりに倒れた。冷たいコンクリートに横

たわったまま、寝息を立て始める。

（本当になんなんだ、この女……）

スパイとしての実力は、ヴィンドの足元にも及ばない。

だが、ヴィンドが逆の立場であったとして、仲間の時間を稼ぐためにこれだけ起き上がれるのかと問われれば、答えは否《いな》だ。

（一体なんなんだ、『灯《コイツら》』は……？）

落ちこぼれ集団にもかかわらず、不可能任務を成し遂げている。任務は失敗続きであれど、『鳳』との闘いでは予想外の抵抗を見せてくる。

――訳が分からない。『灯』の足掻き方は。

ヴィンドは息を吸い込み、しばらく呼吸を止めると、大きく吐いた。気を引き締める。

「……関係ない。俺のやるべきことを果たすだけだ」

そう呟き、エルナの後を追おうと考える。

リリィに背を向けると、思わぬ人物が廊下の先から歩いてきた。

クラウスだった。彼は厳しい瞳でこちらを見据えていた。

「…………………」

空気が冷え込むのを感じる。

彼は戦闘不能になったメンバーを保護しているらしい。中立のはずだが、彼の態度には憤《いきどお》りが滲《にじ》んでいる。正当な争いとしても、仲間の負傷は見過ごせないか。

「俺を恨むのは筋違いだ、燎火《かがりび》」

ヴィンドが先んじて答える。

「これは共和国にとって必要な行為だ。俺たちのどっちが上かを示し、より優秀な方が、アンタの下で動く。それが祖国の最善だ」

「説明されなくても理解しているさ」

クラウスはヴィンドの横を通り抜け、そっと出血するリリィの額に触れた。黙って部下の頭に包帯を巻いている。表情こそ硬いが、手つきは柔らかい。

手を休めないまま、クラウスが呟《つぶや》いた。

「だが疑問はあるな。お前はなんで僕の下で働きたいんだ？」

「…………」

「三人でモニカを制限する大胆な指示を出したのは、お前だろう？　判断力も悪くない。さっきの体術も見させてもらった。お前は誰かの下につくような器じゃない」

「……俺の勝手だ」

「なぜ僕を欲しがる？『鳳』は十分にいいチームじゃないか」

念を押すようにクラウスは再度、尋ねてくる。

しかし意図が見えなかった。彼はどんな未来を考えているのか。

「………つまらない義理を果たすためだ」

ヴィンドは短く伝えて、クラウスの横を通り過ぎた。

別に伝える必要はない、と判断する。

ヴィンドがクラウスを求める理由――それは『炮烙』のゲルデの遺言だった。

◇◇◇

ヴィンドが、『炮烙』と呼ばれるスパイと出会ったのは二度だ。

一度目の邂逅《かいこう》は、世界大戦中に間接的に行われた。

幼いヴィンドは、ある奇跡を目撃していた。

彼がまだ十歳だった当時、彼の故郷はガルガド帝国の占拠下にあった。

凄惨な支配だった。街では収奪と虐殺が繰り返された。僅かな食糧は取り上げられ、歯向かった者は容赦なく殺された。彼の両親もまた、軍人に食べ物を乞い、射殺された。

両親の遺体が墓とも言えない穴に埋められる様を、彼は窓からじっと見つめていた。

（ぶっ殺す……っ！）

幼いヴィンドは目に涙を溜《た》め、そう呪詛《じゅそ》を唱えていた。

（俺がコイツらを皆殺しにしてやる……っ！）

後に知るが、市民の二割が帝国の軍人に殺されたという。そんな街で彼は復讐《ふくしゅう》心を胸に宿らせていた。そして、それは同時に自分の無力感に苛《さいな》まれていた時でもあった。

その復讐は別の人物の手によって成し遂げられることになる。

ガルガド帝国に支配された街で、妙な噂《うわさ》が流れ始めたのだ。

――陸軍の機密情報が漏洩《ろうえい》している。街にスパイが潜んでいるらしい。

噂は他にも数多くあった。

――帝国陸軍が支配する至るところで五人の化け物が現れる。

――「最強の格闘術をもつ刀の男」、「死地を激走する狙撃手の老女」、「千戦無敗のゲーム師と、未来が見える占い師の双子の兄弟」そして「焔《ほのお》のような紅髪の詳細不明の女」。

――コイツらは不可能を覆す。

それは帝国陸軍が連合国の奇襲を受ける一週間前の出来事。

絶望にまみれた街に光が差し込むようだった。

帝国の軍人たちの指揮が乱れ始め、我先にと言わんばかりに逃げ出していく。

幼い頃のヴィンドは、その魔法に感動していたのだ。

後にその魔法はスパイによってなされたものだと知る。


二度目の邂逅は、海軍時代。

スパイの活躍により絶望が覆《くつがえ》される奇跡を目撃した彼は、海軍情報部を志した。

抜群の成績で海軍学校を卒業し、志望通り海軍情報部に所属する。世界各国に飛んで諜報《ちょうほう》活動に努める職務は、彼の希望通りだった。

そんな日々で、フェンド連邦の街角で印象的な老女を見かけたのだ。

彼女はかなり目立つ容姿をしていた。

タンクトップとジーンズという服装で、分厚い筋肉を纏《まと》う素肌を晒《さら》している。白髪交じりの髪を後ろで縛り、サングラスを額に載せている。タバコを三本同時に加えて、白昼堂々大ジョッキでビールを飲む様はかなり豪快だった。

ついまじまじと見てしまうと、彼女は突然、睨《にら》み返してきた。

「お前さん、スパイじゃろ？」

一発で見抜かれた。

唖然《あぜん》とするヴィンドに、その老女は言葉をぶつけ続けていた。

「軍人臭さが消えとらんぞ、復讐心駄々洩れの未熟者。海軍情報部か？　あの連中、進歩しとらんな。うむ、代わりにしごいてやるか。よし、お前さん。ちょっと来い」

彼女は名前さえ明かさず、一方的に難癖をつけ、彼女が借りるマンションの地下室にヴィンドを連れ込んだ。抵抗すれば、床に叩《たた》きつけられ、頭に拳銃を突きつけられた。

誘拐同然に連れ込まれた地下室では、地獄のような訓練が三日三晩続いた。

逃げようとすると、すぐに首元を捕まえられた。具体的な訓練内容は、当時のヴィンドの意識が朦朧《もうろう》としていたため覚えていない。ただ訓練後、肋骨《ろっこつ》が数本折れていた。

三日目の夜、ヴィンドが五回吐いたところで、彼女は解放してくれた。

「はー、情けない小僧じゃ。この程度、クラ坊は三回吐くだけで達成したぞ。もういい。多少マシになった。己の激情を律する基礎中の基礎じゃがな」

老女は最後まで厳しく一方的だった。

彼女は名前さえ名乗らなかったが、ヴィンドはこの三日間で、只者《ただもの》ではないことを見抜いていた。これほどの実力者が何人もいるはずがない。

「……大戦中、メラトックという街にいたか？」

「ん？」

「俺はそこにいた。スパイによって情報が錯綜《さくそう》し、帝国軍人どもが戸惑う様を、この目で見ていた。アナタはその場にいたんじゃないか？」

「そうさねぇ。あんま昔のことは覚えてねぇが、活動していたかもしれん」

老女はつまらなそうに頭を掻《か》いた。

ヴィンドは息を呑《の》んだ。感動していた。やはり目の前にいる女性は、あの地獄から解放してくれた伝説のスパイの一人なのだ。

「俺は、アナタによって救われた市民の一人だ」

ヴィンドは深く頭を下げた。

「ありがとうございました。俺もアナタのようなスパイになりたい」

「…………」

老女は長考の後、乾いた唇を舐《な》めた。

「なるほど、アタシに恩かい。なら、多少のワガママを言おうか」

「ん？」嫌な予感と共にヴィンドは顔を上げた。

「海軍なんかやめて、対外情報室に来な。公にはされてないが、お前さんの上司なら知っているじゃろ。なに、『炮烙』のゲルデ、と上司に伝えれば、すぐ通じる。そこが本物の

スパイが生きる世界だ。お前さんなら養成学校なんぞ、一年で卒業できる」

「そっちの方が優秀なスパイが集うなら、喜んで行くが……」

「そしてクラ坊の手伝いをしてくれねぇか？」

「クラ坊？」

「お前さんと歳《とし》が近い……ん、下手したら一緒かもしれんな。『燎火』という男さね。覚えておきな。この世界で生きていれば、いずれ辿《たど》り着く」

聞き覚えのないコードネームだったが記憶する。この老女にとって大切な存在らしい。

彼女はどこか遠くを見るように、目を細めている。

「……クラ坊は人を頼るのが下手だからのぉ」

その言葉はどこか寂し気に紡《つむ》がれた。

「アタシの寿命が尽きる前に、もうちょい人材を育てんといかんな。このままだと孤立するのが目に見えている。はーぁ、世話のかかる部下を持つと苦労するわい」

彼女は、やれやれ、と首を横に振って去っていった。

言葉こそ厳しかったが、その声には孫を想《おも》う祖母のような温かみがあった。

◇◇◇

ヴィンドは老女との邂逅を思い出し、口元を緩《ゆる》めていた。

彼女に言われた通り、対外情報室に移籍して二年が経過した。養成学校を突破し、スパイの最前線に立った。『鳳』のボスであった『円空《えんくう》』から、『燎火』の噂を知った。

ゲルデは『焔』というチームの一員であり、それは『燎火』以外全滅したこと。

ゲルデとの再会は果たせなかったが、彼女の技術は既にマスターしている。

焦がすような復讐心を内に秘め、一瞬の反撃に炸裂させる詐術に昇華させた。

「安心しろ、炮烙」

ヴィンドは口にした。

「『灯』はしっかり潰す——アンタの孫に群がる羽虫は、俺が払ってやる」

彼がクラウスに執着する理由——それはかつて希望を与えてくれた老女への恩返し。

◇◇◇

龍魂城砦潜入から二時間が経過した――。

迷宮のように思えた龍魂城砦《じょうさい》もまた、一部だけなら把握できる。

エルナは一度、リリィが負傷した部屋から飛び出した後、大きく迂回《うかい》して、元いた部屋へ戻ってきていた。内部を確認すると、やはりリリィの姿はなかった。クラウスが回収してくれたのだろうか。すぐに扉を閉じる。

一日部屋から離れ、廊下を進んだところでエルナは腰を落とした。

もう歩けなかった。肺が破裂しそうなくらい痛くなっている。

ヴィンドはまだ周辺にいるだろう。彼は『灯』メンバーの撃破のために動いている。グレーテとリリィが脱落し、残っているのはエルナだけ。最後の獲物を狩りに来るはずだ。

エルナが息を整えていると、頭から何かが床に落ちた。

黒い毛並みの仔犬《こいぬ》。ジョニーだった。

「……そうなの。お前もまだいたの」

エルナは仔犬の顎を撫《な》でてやった。

彼はエルナの指先を舐めてくれる。まるで励ますように。

「サラお姉ちゃん……」

ペットで気持ちを安らげていると、『灯』で慕っている少女の存在を思い出す。

エルナは呟《つぶや》いた。

「……恐《こわ》くないの、もうエルナは恐くないの……」

仔犬が哀《かな》し気に、ワン、と鳴いた。

その毛並みを撫でながら、エルナは過去を思い出していた。

◇◇◇

――この身が不幸に囚《とら》われたのはいつだ？

家族が火災で亡《な》くなって以降、エルナはおかしな妄執を抱くようになった。『自分だけが生きているのはズルい』と。彼らの葬式で、両親の死を嘆く参列者を見ると、どこか居たたまれない気持ちになった。「家族の分まで生きてね」と優しくかけられる参列者の声は、まるで呪いのように感じられた。エルナは可哀想《かわいそう》な孤児として大切に扱われた。

しかし、それと同時に気づいてしまうのだ。

不幸でさえいれば同情してもらえる。たとえ自分だけ生き残ったズルい子でも。

そして、そんなことを考えてしまう自分が大嫌いだった。

——どんな気持ちでスパイ養成学校に向かったのか？

自身の醜さは悟っていた。それを罰したくて不幸に惹《ひ》かれた。でも、誰かに慰めてほしかった。だから一層、不幸に惹かれた。不幸が起きる場所に飛び込んだ。

奇妙なほどに事故現場に出没する元貴族の娘は、やがてスパイ養成学校のスカウトの目に留まる。申し出を断る理由はなかった。

亡くなった家族に恥じぬよう、多くの人を救うスパイになりたい——そう表明した。

けれど、それが本心なのかは自分でも分からなくなる。

本当は誰かに褒めて欲しくて、そんな発言をしているだけではないか、と。

…………誰に？


——なぜ養成学校で孤立したのか？

口下手、根暗、実はほんのちょっとプライドが高い、事故率高し。

そんなのは些細《ささい》な理由だ。単純に、性格が捻《ね》じ曲がっているからだ。


——なぜ不幸に惹《ひ》かれ続けたのか？

知っているから。不幸に遭えば、自分にも他人にも言い訳ができる。

だって仕方がないではないか？

不幸だったら成績が悪くても仕方がない。不幸だったら友達ができなくても仕方がない。不幸だったら周囲に嫌われても仕方がない。不幸だったら死んだ両親に報いるような良い子になれなくても仕方がない。たとえ自分が卑怯《ひきょう》でズルい存在だとしても、不幸で相応の罰を受けているからいいではないか。仕方がない。仕方がない。仕方がない。仕方がない。仕方がない。仕方がない。仕方がない。仕方がない。

落ちこぼれでどうしようもない自分でも、全部それは不幸なのだから仕方がない。

自分は、自分の生き方が大嫌いだった。

しかし、そんな自分を救い上げてくれた青年と、温かく迎えてくれた仲間がいた。

◇◇◇

仔犬のジョニーの鼻が動き、その気配をエルナに知らせた。

ハッとする心地で顔を上げる。

長い廊下の陰からヴィンドの姿が現れた。

彼は手の中でその感触を確かめるように、ナイフをくるくると回している。癖なのか、時に三本同時に曲芸のように投げては遊んでいる。

最後にそのナイフを指で挟むように持ち、ヴィンドは顔をあげた。

「ここにいたか。金髪の女」

「……っ！」

エルナは覚悟を決めて立ち上がった。

向き合わなければならない瞬間がやってきたのだ。

人影もなく静まり返った通路で五メートルほどの距離で向かい合う。

天井にぶら下がっている白熱電球が力ない明かりを放っていた。

銃声が遠くから聞こえてくる。『灯』と『鳳』の誰かが争っているのだろうが、エルナたちからは距離がある。助けを望めるはずもない。

エルナは全神経を集中させ、ヴィンドを睨《にら》みつけた。

「悪いことは言わない」

ヴィンドが淡々と語りかけてくる。

「降参しろ。弱い者イジメは趣味じゃない」

「………断るの」

「お前たちはとにかく諦めが悪い」

ヴィンドは不快そうに髪をかき上げた。

「なら素手でやってやる。手加減だ」

手加減？

エルナがその単語に反応した時には、ヴィンドは床を踏み込んでいた。エルナが咄嗟《とっさ》に投げた瓶を避け、次の瞬間にはエルナの正面に移動している。

エルナは背中に隠し持っていた鉄パイプを取り出し、全身の力を込めて振り下ろした。

身体《からだ》を倒すようにヴィンドは避ける。

彼の身体はそのまま後方に崩れ落ちるように、床に近づいていく。まるで気絶したかのよう。一瞬、敗北したような体勢から、彼の身体は跳ねるように浮かび上がる。

「コードネーム『飛禽』――嚙《か》み抉《えぐ》る時間たれ」

エルナの腹部に、ヴィンドの手刀が突き刺さった。

呼吸が止まり、口から唾液が飛び出る。

弾《はじ》かれたように身体が浮き、床を転がった。朦朧《もうろう》とした頭は込み上げる嘔吐《おうと》で目覚め、身体は胃液と共に床に這《は》いつくばる。

ナイフさえ使わずに圧倒された。

勝負にすらなっていない。

赤子の手を捻《ひね》るように、ねじ伏せられた。

「こんなところか」

ヴィンドが一仕事を終えたように手をはたいた。

「後は寝ていれば、燎火が迎えに来てくれる。甘えておけ。それが最後になる」

「……っ」

「安心しろ。別に燎火と今生の別れという訳でもない。無力を受け入れ、一旦養成学校に戻って、訓練に励めばいい。それがお前たちの役割だ」

彼はハッキリと告げてきた。

「今は俺たち『鳳』が守ってやる。この国は、そしてお前たちは俺が守る」

ヴィンドの声には強い誇りが含まれていた。伝わってくるのは、愛国心とプライド。

エルナの心臓に強い痛みが走った。

養成学校で幾度となく見てきた姿だった。

――これがエリートだ。

もちろん、中には欲深く傲慢な人物もいた。しかし成績優秀者の多くは、ヴィンドのように実力と正義感を兼ね備えた人格者だった。

彼らの自信にあふれた表情を、エルナは何度も見てきたのだ。

「カッコいいの……っ！」

その言葉は涙と共に漏れ出てきた。

敵の言葉に何度も心を抉られ、攻撃に身体が痛み、それでも出てくる本音だった。

「エルナも、そうなりたいの………そう生きたかったの……っ！」

羨ましかった。

ただひたすらに憧れ、焦がれた。

ヴィンドのような勇ましいスパイになりたかった。

養成学校で何度思っただろう？　何度悔しがっただろう？

強くて優秀なスパイになりたかった。誰からも信頼される人生を歩みたかった。多くの人間から期待を受けて、国の危機を救う存在でいたかった。敵を巧みに欺き、自信満々に「お前たちを守る」と弱者に告げられる存在でいたかった。

――自分もエリートになりたかった。

「……エルナだって……天国の、パパや、ママや……お兄ちゃんや……お姉ちゃんに、褒めてもらえるような、スパイになりたかった、の……」

あぁそうだ、と自分で気が付く。

自分は彼らに褒めてもらいたかったのだ。二度と会えない、亡くなった家族に。

――けれど、なれなかった。

――理想のスパイに辿《たど》り着けなかった。

弱い自分は不幸に惹かれ、どんどん王道から逸《そ》れていった。落とし続ける成績に言い訳を付け足すように、自ら事故を愛していった。気づけば落ちこぼれとして、養成学校では腫れ物扱いをされ続けてきた。

「構わないだろう」

ヴィンドがすげなく告げる。

「全ての人間が強者になれる訳じゃない。俺たち強者は、お前たちみたいな弱者を守るためにいるんだ。諦めろ」

「諦められないの！」

エルナは全身に走る痛みを堪《こら》えて、立ち上がる。

荒い呼吸を繰り返し、懸命に酸素を取り込みながら、しっかりと二本の足で。

「……エルナはカッコいいスパイにはなれない……大嫌いな生き方しかできない……けれど、それでも、人生でよかったこともあるの………『灯』だけは、諦められない……」

エルナは告げる。

「だから醜く汚くカッコ悪い自分を認めて生きるって決めたの」

戸惑いの表情を浮かべるヴィンドに、そっとエルナは微笑《ほほえ》んだ。

見せつけてやればいい。

理想のスパイになれなかった落ちこぼれの歪んだ闘い方を！

エリートには思いつかない、どこまでも格好悪い生き様を！

「コードネーム『愚人《ぐじん》』――尽くし殺す時間なの」

エルナは彼女の横にあった扉を開け、すぐさま飛びのいた。

そこは、先ほどヴィンドとエルナたちが争った空き部室。

もちろん本来その扉を開けたところで、何かが起きようはずもない。

しかし――炎が放射される！

うねるように噴き出した炎は、扉の前に立っていたヴィンドめがけて直進した。彼は咄嗟に横に跳ぼうとするが、間に合うはずもない。

猛火がヴィンドへ襲い掛かる。

「――――っ⁉」

炎を受けた彼は呻《うめ》き声をあげると、床に転がりながら、全身の服に灯《とも》った火をかき消している。コンクリートで作られた龍魂城砦《じょうさい》は炎がすぐに燃え広がって、火事になる可能性はない。部屋周辺を焦がした程度にとどまり、すぐに消火されるだろう。

ヴィンドの身体にあった炎もすぐに鎮火した。

しかし、彼には十分なダメージを与えることができた。火傷《やけど》を負った右脚を苦しそうに押さえている。もうさっきのような足捌《さば》きは使えないはずだ。

「なんで、炎が……っ」

ヴィンドが目を見開き、エルナを強く睨みつける。

「お前、いつの間にこんなもの用意した……っ？　爆弾なんて、お前は持ち合わせていなかったはずだ……！」

ナイフを打ち合う中で、そんなことも確認していたらしい。さすがだ。

ヴィンドは舌打ちをする。

「逃げ回っていたお前がどうやって炎を用意できた……っ？」

「収《しゅう》れん火災なの。リリィお姉ちゃんが落とした懐中電灯の光を、エルナが投げたステンレスボウルで一点に集中させて、毛布を発火させた。後はエルナが扉を開けたことをキッカケに、バックドラフト現象が起きたの」

龍魂城砦は無計画に肥大化が進められたコンクリート製の建築物だ。コンクリートで覆われた、換気が悪い部屋がいくらでもある。空気が流れない密室ならば、バックドラフト現象を起こせる条件は満たしている。

エルナは淡々と答えた。

「全部、お前が言ったことなの」

「いや」ヴィンドが声を苛立《いらだ》たせる。「だとしたら時系列が合わない……！」

「ん……」

「俺が収れん火災を教えたのは、お前たちが懐中電灯を手放した後だ。お前はそれまで、これらの現象を知らなかった。仮にお前がそれを知っていたなら、これまでお前が起こした事故はなんだったんだ？」

そう、エルナはこの対決に臨むまでに二つの事故を経験した。

――紡績工場管理棟で遭った、金魚鉢による収れん火災とバックドラフト現象。

――水晶玉による光の収れんで起こった、アルミ柵の変形と転落事故。

ヴィンドはエルナの過失と判断した。

収れん火災など科学的知識の無知により引き起こされた事件である、と。

彼は真実の一歩手前まで辿り着いていた。ただ一つ致命的な勘違いをしただけで。

「過失ではなく、故意なの」

エルナは告げる。

「二つの事故は——エルナの自作自演なの」

「……は？」

「全ては自作自演。エルナは『ある必要』に迫られて、自ら火災を引き起こして炎に飛び込んだの。転落事故も同じ。熱で変形しやすくなったアルミ柵にわざと体重をかけ、自ら崖から転落したの」

そう、二つの事故はエルナが自ら進んで引き起こしたものだ。

いくら日常に潜む危険とはいえ、光の収れんによる事故がここまで頻発するわけがない。

本人が自ら狙って仕掛けない限り。

だが、ヴィンドは真実には辿り着けなかった。

真っ当な人間には理解できないだろう——自ら事故へ飛び込む人間の心など。

だからこそ通じる、とエルナは信じた。

不幸を自ら作り出し、全てを欺く、彼女だけの闘い方。

『事故』×『自演』——惨禍創造。

それこそがエルナが見出《みいだ》した詐術。

「お前——」

ヴィンドは呆然《ぼうぜん》と口にする。

「——頭がおかしいのか？」

その瞳は、恐れるようにも蔑むようにも見えた。

もちろん彼には『なぜエルナが自作自演の事故を起こしたのか』等理解できるはずもない。真っ当に生きてこられた人間に分かるはずもない。

だからエルナは口にする。

「自分が壊れていることくらい、とっくに理解しているの」

冷たく言い捨て、口元だけで笑顔を取り繕う。

「さようなら」

エルナがダメ押しに作動させたのは、簡易的な罠《わな》だった。先ほどの火炎は、通路に無造作に積まれていた木材にまで燃え移っていた。根本がくすぶっているせいで、バランスが崩れかけている。エルナが切ったのは、その木材を支えていたワイヤーだ。

火がついた木材がエルナとヴィンドの方へ倒れていく。

エルナは身体《からだ》を傾け、自ら作り上げた不幸を寸前で避けた。

しかし、脚を負傷したヴィンドに逃げられるはずがない。

彼を押し潰すように木材は崩れていった。

「……っ」

黒い煤煙《ばいえん》がエルナの顔にかかった。彼女は顔を払いながら、通路を歩きだした。身体の節々が痛んでいる。どこか安全な場所で身体を休めたい。

足元にいる仔犬《こいぬ》のジョニーに「行くの」と声をかけて、抱きあげた。彼は大人しくエルナの胸に寄りかかっている。その温《ぬく》もりに心が落ち着いた。

少し離れたところで、背後を振り向く。

ヴィンドを倒すことができた。彼はまだ起き上がらない。

「………」

しばし立ち止まって考える。

もしヴィンドが気絶していたら、さすがに命の危険がある。彼のことだろうから、致命傷は避けているだろうが、一応気に掛ける。かといって迂闊《うかつ》に近づいて彼の反撃を喰《く》らうのは避けたい。そして、この火が住民を巻き込まないかも心配だが――。

（や、やりすぎたの？）

いかんせん加減は難しかったので、ちょっと焦《あせ》る。

「…………なるほどな」

エルナの思考を破るように、ヴィンドの声が答えた。

「────っ!!」

ヴィンドは積み重なった木材を退《ど》かしながら立ち上がっていた。

これまでとは違い、ゆっくりと。

その余裕を示すように。

そして両手に握っていたナイフを振るう。その風圧だけで立ち昇る黒煙が裂かれるのが見えた。燻《くすぶ》っている炎も彼が作る豪風《ごうふう》で消えていく。

まだ動けるな、と満足げな独り言が聞こえた。

彼は額から血を流し、エルナを見る。

「……見くびっていた。いや、見当が違っていたというべきだな」

右脚には火傷、身体の至るところに切り傷が見られ、大きく引き裂かれた上着からは青々とした内出血が覗《のぞ》いている。しかし彼は立っていた。

エルナは奥歯を噛《か》みしめていた。

（これでも……っ！　これでも届かないの……っ！）

自作自演の怪我《けが》は、相手を油断させていたはずだ。グレーテやリリィが決死の覚悟で自分を逃がしてくれた。そしてここまで誘い込んだ敵に対し、自身が得意とする事故に巻き込んだ。

自分に持てる全てを懸けた。

それでも――ヴィンドを打ち倒せない。

「理解したよ、お前を」

彼は服の汚れを払いながら、得意げに語る。

「似た精神疾患を聞いたことがある。健康な患者が周囲の同情を引くために、自傷行為に手を染める――ミュンヒハウゼン症候群。お前が患《わずら》っているのは、それに近い症例か。偽装するのは、病気ではなく事故だがな」

「……っ」

「キッカケは家族を亡《な》くした火災。アレも自作自演か？　いや、さすがに家族を焼き殺したはずはないな。事故による火事を放火に偽装したというところか。燃え盛る家に、持ち出した瓶を投げ込んだ。で、怪しい人影を見た、と警察に証言した。違うか？」

エルナが唇を噛むと、ヴィンドは「正解のようだな」と頷《うなず》いた。

「動機は単純だ。より同情を引けるからだ。世間の嫉妬を浴びていた元貴族様なんだろ

う？　うっかり暖炉の火が燃え移った火災より、卑劣な人間の放火の方が世間は嘆いてくれる。亡くなった家族のためについた嘘《うそ》だ」

まるで見透かすような言葉が続く。

「けれど、それで味を占めた。不幸を演出するだけで世間は可哀想《かわいそう》がってくれる。もう止められない。不幸を求め、事故に惹《ひ》かれる。あげくには自作自演にさえも手を染めた」

「………………」

「不幸で可哀想な境遇を愛し続けるガキ——それがお前の本性だ」

ヴィンドは一気に語ると、大きく息を吐いた。

そして、たっぷりの間を置いて告げてくる。

「——虫唾が走る」

まるで汚いものを見るような瞳を向けてきた。

養成学校で何度も向けられてきた視線。

「そんなの」エルナは言った。「分かり切っているの……っ！」

「でも、仲間には明かしてないんだろう？」

「う……」

「不幸な目に遭う自分が可愛《かわい》くて、優しくしてくれる仲間に甘えたくて明かさない」

ヴィンドの声が頭の奥に響いた。

「——お前の本性を知ったら、仲間も気味悪がるだろうな」

想像してしまう。

もし自分が時に自演をしてまで、不幸に遭っていると知られたら？

事故に遭うたびに、慰めてくれるサラや、可愛がってくれるジビアやリリィ、面倒を見てくれるティアは、自分をどう見るだろう？

身体から力が抜け、エルナが抱えていた仔犬が地面に落ちた。

「……図星か」

ヴィンドはナイフを握りながら、エルナに近づいてくる。

——ハッタリだ。

理性は判断する。

——ヴィンドは怪我を負い、もう十全には動けない。だからエルナの心の揺さぶりを試みている。敵の心を推理して仕掛ける精神攻撃もまた、彼の武器なのだろう。

動じるな、とエルナもまた自身を鼓舞した。

まだヴィンドを倒せていない。新たな事故を演出しなくてはならない。

（コイツの言葉なんて関係ないの……っ！）

けれど、脳裏を掠《かす》めるのは自分を忌《い》んでいく仲間の目。

「恐《こわ》くないの……」

エルナは口にした。足元の仔犬が鳴く。

ヴィンドは一歩一歩、エルナを追い詰めるように近づいてくる。

「お姉ちゃんたちに気味悪がられようと、エルナは恐くないの……」

足元の仔犬が、キャン、と強く鳴く。

ヴィンドが僅かに腰を低く落とした。

「お前が言う未来なんて、ちっとも恐くないの」

足元の仔犬が、ワン、と吠《ほ》える。

ヴィンドが地面を蹴り、突撃してくる。

エルナは祈るように両手を組んだ。

「ここでお前を倒せるのなら、お姉ちゃんたちに嫌われたって構わないの……‼」

だから呼び起こすのだ。

自分の全てを尽くし、敵を尽《ことごと》く殺す、最悪の事故を！

エルナは飛びのいて、手に爆弾を構えた。それと同時にヴィンドがナイフを振るう。

仔犬が跳ねる。

――ワンワンキャンワンキャンワンワンワンワアアアアアアアン‼


「の……？」「は？」

思わずエルナもヴィンドも行動を止めた。

仔犬がやけに鳴いている。すっかり興奮しきった様子で、甲高い鳴き声をあげていた。

隣で聞いているエルナの耳が痛くなるほどだ。

闘いに水を差されて、両者呆然《ぼうぜん》とするしかない。

「いや」ヴィンドが眉をひそめた。「なんだ、この犬――」

「し、知らないの……」

聞かれてもエルナには答えられない。

サラから貸し出されていた犬は何度も吠えていたが、ここまでは初めてだ。

返事は思わぬ場所から届いた。

「あぁ、すみません！　その子、まだ訓練途中っす！」

サラだった。

廊下の陰から、ひょっこりと顔を出し、申し訳なさそうに頭を下げている。

「モニカ先輩に言われて、教え込んでいる最中なんですよ」

サラは恥ずかしそうに頬を掻《か》いて、近づいてきた。

そして少し怒ったような顔をしてジョニーを抱きかかえる。

「『便利だから、早く身に付けさせろ』って。でも中々大変で、とりあえず仲間で試している最中なんですが……まだ、興奮しすぎちゃうことがあって……」

「あ、あぁ……」ヴィンドが戸惑っている。

サラはどこか嬉《うれ》しそうに動物語りを続けていた。

「モニカ先輩いわく、人間の汗には色々な成分が含まれていて、汗で感情を読む研究もあるとか……で、エルナ先輩で実験していたんです。エルナ先輩は元々心配なところがあったので。ある汗を流した時、ジョニー氏が必ず反応するように教え込んでいたんですよ」

サラは楽しそうに明かした。

「エルナ先輩が、嘘をついた時の汗っす」

エルナは愕然《がくぜん》とする。

――これまで、その仔犬がどんなタイミングで鳴いていたのか。

仔犬はエルナが嘘をついた時、的確なタイミングで鳴いていた。

つまりサラはとっくに察していた。エルナが時に、自作自演で事故を引き起こしていることを。紡績工場の失敗さえも、エルナの自作自演であると。

――そして、それでも尚《なお》サラは自分を受け入れてくれていたのだ。

エルナの目頭が熱くなる。

動けなくなるエルナの横では、ヴィンドがつまらなそうにナイフを構えた。

「それで？」威圧的にヴィンドはサラを睨《にら》む。「次は、お前が相手なのか？」

「え」

サラの顔が凍り付く。

「いやいやいや無理っす！　無理です、勘弁してほしいっす！　さすがに挑まないっすよ！　自分の役割はそれじゃないってモニカ先輩に説教されたばかりっすからぁ！」

猛スピードでサラは手を振って、後退していく。

そしてどんどん離れるサラの身体《からだ》が見えなくなった時、落ち着いた声が聞こえてきた。

「だから、ジョニー氏の鳴き声を頼りに、自分より強い人たちを連れてきたっす」

その助力が立っていたのは、サラが消えた廊下の逆側。

「うちのエルナを泣かせるたぁ、いい度胸だなぁ！」

「覚悟はできてる？　さすがのボクもちょっと不機嫌になるんだけど？」

ジビアとモニカ。『灯』で無類の格闘能力を持つツートップだった。

苛立《いらだ》ちを隠さずにヴィンドが歯を食いしばった。

「……アイツら、逃がしたのか？」

真っ先に飛び出したのはジビアだ。

一気に距離を詰め、ヴィンドの顔面へ拳を繰り出す。

「うらぁ！」と激しい声と共に、ジビアはぶつかっていった。

馬鹿正直な突撃だったが、それを受け止める余力はヴィンドに残っていないようだ。その拳こそ防いだが、パワーを殺すことができず一度廊下に倒される。

彼は大きく転んだ後に体勢を立て直そうとするが――。

「へぇ、収《しゅう》れん火災か。良い発想だね」

モニカが火災の跡を見ながら、何かを察したように頷いた。

「ただ、光と屈折っていうのは——ボクの専門なんだけどね？」

フラッシュが焚《た》かれる。

モニカがいつの間にか握っていたカメラが発した強い閃光《せんこう》は、彼女が同時に撒《ま》いた鏡に反射し、ヴィンドの顔面に集中していった。

避けようがない、文字通り光速の一撃。

ヴィンドの視界が塞がれると同時に、エルナは駆け出していた。

「のおおおおおおおおおぉっ‼」

痛む身体を堪《こら》える。吠えるような大声を上げ、己を鼓舞して走り出す。

全身全霊でエルナはヴィンドの元へ飛び込み——頭突きを喰《く》らわせた。

彼の顔面にめり込むエルナの石頭。

やがてヴィンドの身体から力は抜け、養成学校全生徒の頂点に立った男は膝をついた。

5章　愚人《ぐじん》

「……いや、何人がかりで来るんだ、お前たち。集団リンチか」

捕らえられたヴィンドが真っ当なツッコミを入れた。

ヴィンドの身体から力が抜けた一瞬、すぐさまにモニカが彼の身体をワイヤーで縛り上げ、しっかりと手首を固定した。これで彼は脱落だろう。

ジビアとサラは周辺の警戒に当たっている。騒動のせいで起きてきた住人を嘘《うそ》で言い包《くる》めて、ついでにエルナが生んだ火を消している。ちょっとしたボヤ騒ぎで済みそうだ。一応配慮はしたとはいえ、大火事を引き起こしていたら笑えない。

エルナはその様子をどこか他人事《ひとごと》のように見つめていた。

――養成学校全生徒1位の強敵を討ち果たすことができた。

龍魂城砦《ロンフェンじょうさい》内で繰り広げられた、凄《すさ》まじい闘いの結末だ。

開始から既に二時間以上は経《た》っている。

「……まさか俺が負けるとはな」

ヴィンドは力なく呟《つぶや》いて、天井を見上げた。

「…………………………………………」

そして、放心した表情を浮かべている。

ヴィンドの周囲には、四人の『灯《ともしび》』メンバーが立っていた。

エルナ、サラ、モニカ、ジビア。

既にヴィンドが相手をしたグレーテ、リリィを含めれば、総勢六人でヴィンドを相手したことになる。確かに、集団リンチ、と言えなくもない。数のゴリ押しだ。

ヴィンドは大きく息を吐いた。「他の連中はなにをしているんだ？」

「確かに」モニカは頷《うなず》いた。「ジビアやサラはどうしてここに？　『翔破《しょうは》』ってやつと争っていると思ったんだけど、彼を倒したの？」

「「――ッ‼」」

ジビアとサラの身体が同時にビクッと震えた。

「……の？」

嫌な予感がした。

モニカのキツイ視線に晒《さら》されながら、二人は滝のような汗を顔から流し始めた。

「お、おう。それなんだけどよぉ……」

ジビアが手を振りながら、しどろもどろに答える。

「ビックスだったか？　アイツ、かなり強くて……けっこう惜しいところまで追いつめたんだが、逃げられちゃって……仕方なくエルナと合流しようとしたんだけど……」

その時、ヴィンドの懐《ふところ》からブザー音が響いた。彼の無線機が反応している。

やがて楽しそうな男の声が流れてくる。

《よろです♪　こちら『翔破』。今、機密文書は手に入れました。任務完了です♪》

「「「「…………………………………………」」」」

改めて振り返るまでもなく、今回のバトルは機密文書の奪い合いだ。

スパイ同士の潰し合いは、手段であって目的ではない。極端な話、相手など一人も倒さずとも文書さえ得てしまえば、それで終わりなのである。

つまり――。

「敗北してるのおおおおおおおおおおおおおおおおおおおおおおおっ⁉」

エルナが悲鳴をあげる。

『灯』と『鳳《おおとり》』の闘いは、『鳳』の勝利で幕を下ろした。

◇◇◇

両者は一旦、龍魂城砦から離れることにした。

彼らのほとんどが無視をしていたが、一応は地元マフィアが根城にしている場所だ。必要以上にぶつかり合うのは避けたい。

その道中、モニカとジビアは罵り合っていた。

「キミたちさぁ！　もっと喰らいつけよぉ！」

「うるせぇ！　他の連中だってヴィンド一人に、ボッコボコにされてんじゃねぇか！」

責任の押し付け合いである。敗者が漏らす言葉はいつだって醜い。

実際のところ、『灯』の敗因は地力不足であり、誰がどうという責任ではなかった。ヴィンドとビックスという『鳳』の二大巨頭に抗《あらが》う戦力を持たなかったゆえだ。誰にどう役割を振り分けようと、この差は覆《くつがえ》らなかっただろう。

その舌戦にヴィンドが割って入った。

「蒼銀髪《あおぎんぱつ》の女」

「そう言うお前はどうなんだ？　この短時間にラン、ファルマ、クノーの三人を撃退した

のか？　アイツらにはひたすら足止めするよう伝えていたはずだがな」

それはモニカに向けられた質問だった。

彼女は三人のエリートに囲まれていたはずである。なぜ突破できたのか。

モニカは平然と答えた。

「え？　あぁ、ボクが倒したのは二人だけだよ。『ござる』口調の奴《やつ》は途中から消えた。陣形が乱れたから余裕で突破できただけだよ」

「ん、ランが消えた？」

「なんか途中アネットが捕まえて、どっかに引きずりこんでいったよ」

モニカ以外の『灯』メンバーは首を傾《かし》げる。

「「「アネットが？」」」

彼女は無線機の増設の役割を担《にな》っていたが、割と早いタイミングでティアが脱落した後、どこで何をしているのか、判明していない。

エルナが「そういえば」と声をあげる。

「アイツは、ランっていうお姉ちゃんに『チビ助』呼ばわりされて怒っていたの」

ヴィンドが「あぁ」と相槌《あいづち》を打った。「なら、今もランと闘っているかもしれないな。誰か呼びにいって――」

彼の言葉は不自然に途切れた。

闇夜から絶叫が聞こえてきた。自然と全員が耳を澄ませる。

ちょうど龍魂城砦の北端に到着した時、その叫び声の発生源があった。


「ごめんなさいでござるうううううううぅうう‼」


ランが半裸で謝罪を行っていた。

足を折り畳み、ぐりぐりと額を地面に擦りつけている。極東の島に伝わる「土下座」という作法だろう。ボロボロと涙をこぼし、必死に「ごめんなさいでござるぅ！」と叫んでいる。身にまとっている服が焦げ付き、肌を見せている様はあまりにみっともない。

「俺様っ――」

ランの前には満面の笑みで仁王立ちをするアネット。

「――命乞いは聞きたくないですっ」

「取り消すでござる、『チビ助』は拙者の方でござったあぁ！　だから。やめてでござる！　申し訳ないでござるうぅ！　あ、いや、もう『ござる』とかいいや……ふざけているように聞こえました？　いや、そうじゃないんです。キャラ付けみたいなもんですよ。

なに言ってたんだろ、わたし。目が覚めました。もう本当にごめんなさい。アネットさんの方が、身長高いです！　むしろ！　どんどん身長が伸びるだろうなぁ、えへへ」

超早口でへりくだっているラン。

よく分からないが、アネットが圧勝したらしい。完膚なきまでに。

ランはそこで眺めているエルナたちに気が付いたらしい。素早く駆け寄ってきて、エルナの腰元に縋《すが》りついてきた。

「た、助けてほしいでござるぅ！　あの子、本当に拙者を殺……コロ……もう死ぬより惨《むご》たらしい……悪魔です。悪魔がいました……電動ドリルで拙者の、拙者のし――」

「俺様っ！」

アネットが叫んだ。

ランの身体《からだ》がびくっと震える。

「なんだか喉が渇きましたっ」

「お茶を買ってくるでござるぅぅ！」

ランが全力で駆けていき、エルナたちの視界から消えていった。

それを眺める少女たちは呆然《ぼうぜん》とする。

「……アネット。お前、なにしたの？」とエルナは尋ねる。

アネットはスッキリした顔で「秘密ですっ！」と人差し指を口元に立てた。

とにかく龍魂城砦内で行われたバトルの全容が判明した。

『灯』グレーテ、キュールを撃破。
『鳳』ビックス、ティアを撃破。
『鳳』ヴィンド、グレーテを撃破。
『灯』ジビア、ビックスとぶつかり、ビックスを一時退散させる。
『鳳』ヴィンド、リリィを撃破。
『灯』アネット、ランに完勝。ボッコボコにする。
『灯』モニカ、クノーとフェルマを撃破。
『灯』エルナ他三名、ヴィンドを撃破。
『鳳』ビックス、機密文書獲得。決着。

闘い合った『灯』と『鳳』の両メンバーが集まり、結果は今一度伝えられた。
『灯』の全員、強く悔しがった。
リリィが残念そうに肩を落とし、ジビアが辛《つら》そうに拳を握りこんでいる。グレーテが辛

そうに瞳を閉じ、サラが気遣うようなセリフを吐いた。モニカとティアは表情を殺している。エルナとアネットはじっとしたままだ。

『鳳』はキュール以外の人間はハイタッチを交わしてみせた。彼らが普段、見せない動作だった。真っ先に脱落したキュールは居心地悪そうにしている。

「…………………………」

そして、ヴィンドは一人思いつめた顔をしていた。

◇◇◇

龍魂城砦《じょうさい》のバトルから明けた朝、クラウスは報告書を書き上げていた。

ビックスが見つけ出した機密文書には、ディン共和国の大使館で起きた情報流出の関係者リストが添えられていた。後はこれらをもとに本国外務省が処分を下すだろう。犯罪に手を染めた者は、龍沖《ロンチョン》警察が逮捕に動くはずだ。

正直、驚きのない内容だが、こういった地道な防諜《ぼうちょう》や諜報《ちょうほう》が祖国の繁栄に繋《つな》がるのだ。

龍沖での任務はこれで完遂だ。

悪辣な地元マフィアにダメージを与えた以上、龍沖の国の治安にも貢献できたはずだ。

あとは本国に帰還するのみである。

部屋に差し込んでくる朝日を眺めつつ、クラウスは息をついた。

「……僕たちは負けてしまったか」

つい声に出していた。

部下の敗北は、彼自身にも思うところがあった。

少女たちは尽力した。この結果は、自分の指導力不足のせいだろう。

（やはり悔しいものだな。もっと他にできなかったのか、と考えてしまう）

不思議な心地であった。

これまでに感じたことのない痛みである。今回は、自分が直接参加した訳ではなく、誰かに倒された訳でもない。しかし胸には鈍い感情が湧き起こる。

――世界最強のスパイが痛感する、しばらくぶりの敗北。

クラウスは静かに拳を握りしめる。

約束に従うならば、これからクラウスは『灯』を離れて、『鳳』のボスとなる。

もう彼女たちのボスではいられない。

「…………」

決して今生のお別れではないが、言いようのない寂しさは込み上げてくる。

とりあえず朝食を摂《と》ろう、と判断し、書斎から出る。

廊下には八人の少女が並んでいた。

「先生……」

激闘の末に眠っていたはずだが、起きてきたらしい。

リリィを先頭にして、彼女たちは哀《かな》し気な視線を向けている。その瞳の奥には、申し訳なさが見え隠れしていた。彼女たちがそんなものを抱く必要はないのに。

「おはよう、お前たち」

クラウスはできるだけ優しい声を出すことに努めた。

「昨晩はご苦労だったな。とりあえず、これからのことはゆっくり——」

「先生、これ、荷物です」

リリィが大きなカバンを差し出してきた。

中には、クラウスの私物一式が詰まっていた。

「ん?」

「さぁ逃げますよ! 『鳳』が来る前に!」

リリィが拳を掲げると、残りの少女たちが「「「「おーぅ!」」」」と歓声をあげた。

「よしっ、逃げちまえばこっちのもんだ!」「……帰国の便は手配済みです、ボス」「先生

が失踪した、と『鳳』に伝えておくわね」「ボクはドン引きしているけどね」「俺様、兄貴を渡す気は一切ないですっ」「エルナも一緒なの」「じ、自分もその……同じっす」

口々に逃走をけしかける少女たち。

「お前たちに恥はないのか」クラウスが冷静に指摘をする。

「でも、逃げられるなら逃げたいですしね」とリリィ。

さすがの強《したた》かさだった。

とにかく『鳳』との約束を破る気満々のようだ。彼女たちらしい。

「……楽しそうな話をしているな。お前たち」

直後、背後から冷ややかな声。

「――ッ！」と肩を震わせる少女たち。

玄関口にはヴィンドを先頭に『鳳』のメンバーが六人勢ぞろいしていた。

「えぇと」リリィが冷や汗を流す。「や、やっぱり約束は守らなきゃダメですかね？」

「スパイどうこうより人としてどうなんだ？　お前たち」

ヴィンドが呆《あき》れ顔をした。

彼の言葉に、少女たちは肩を落とし始める。やはり本気で逃げ切れるとは思っていなかったようだ。スパイと言えど、守らねばならぬ義理はある。

「先生」

リリィが一度悔しそうに唇を噛《か》んだあと、クラウスを見つめた。

「待っていてください。わたしたち、もっと強くなって、いつか先生を奪い返し——」

「いや」ヴィンドが話を遮った。「その話はなかったことにしないか？」

「ふぇっ？」

「俺たちの第一優先は、祖国の利益だ。そのために何が正しいのか、改めてメンバーで話し合った時、やはり燎火《かがりび》は『灯』のボスのままがいいだろうと結論が出た」

急展開に少女たちはついていけず、目を白黒させる。

ヴィンドは強い口調で告げた。

「認めてやる——お前たちは強い」

彼の背後にいる『鳳』の他のメンバーも頷《うなず》いた。

「勝ったのは俺たちだが、脱落者は俺たちの方が多い。一対一で敗北した人間もいる。これで『鳳』が『灯』より上だと主張しても恥を晒《さら》すだけだ」

「い、いや。けどよ」

反論の声をあげたのはジビアだった。

「お前たちはどうするんだ？　ボスが不在なんだろ？　後任の当てがあんのか？」

「なんだ、俺たちを気遣うのか？」

「うるせぇ。悔しいが、そうだよ。アンタたちは勝った。あたしらのボスを手に入れる権利がある。なんで放棄する？」

ジビアの追及にヴィンドは口元を歪《ゆが》めた。まるで自嘲をするように。

彼はクラウスに視線を移した。

「燎火。アンタの口から言え」

「いいのか？」

「アンタが誘導した結論だろう？」

「そうだな」クラウスは頷いた。「お前は僕たちに勝った。世界最強のスパイである僕の部下を翻弄し、任務を成功させた。その実力は既に国内最高峰に達している」

彼に手を差し向けた。

「コードネーム『飛禽《ひきん》』――お前が『鳳』のボスになれ」

「了解した。その責務、俺が引き受けてやる」

少女たちは口をあけて、ぽかーん、とする。

ヴィンドは両手をポケットに入れ、偉そうに少女たちを見た。

「これが自国最善の選択だ。『灯』と『鳳』の両軸で国を守る」

この結末は、クラウスがヴィンドの技量を見て以来、考えていたことだった。

彼は一チームのボスになるべき男だ。

いずれ世界レベルのスパイに成り得る才能を秘めている。クラウスの部下という選択は、彼の成長を阻害してしまう可能性さえある。

彼が言及したように、それがディン共和国最善の選択だった。

「――俺たちで世界を引っ掻《か》き回す。遅れずについてこい、『灯』の女ども」

彼の言葉に、他の『鳳』の人間も言葉をぶつける。

「楽しみです♪　ぼくたちが新時代の二大チームです♪」「拙者たちで帝国を謀《たばか》るでござる」「うん、仲良くしようね」「『灯』も強いねぇ、ファルマ感動しちゃったぁ」「……是《ぜ》」

ヴィンドは少女たちに歩み寄り、エルナに耳打ちをする。

「金髪」

「の？」とエルナが目を丸くする。

「龍魂城砦で俺が言ったことは気にしなくていい。お前の成長を期待している」

「……っ」

エルナの口から震えた声が出た。

それで用件が終わったように、「……帰国したら訓練くらい付き合ってやる。せいぜい腕を磨いておけ」とヴィンドは言い残し、背を向ける。

「「「「「「……………………」」」」」」

少女たちはまだ呆然《ぼうぜん》としていた。

結局、最後の最後まで格の違いを見せつけられていた。

どこまでも清々《すがすが》しく、強く、なによりカッコいい――羨望《せんぼう》していたエリートたち。

だが、その一方で彼女たちは思うのだ。自分たちの憧れはこうでなくては困る、と。

「『鳳』の皆さん！」

去っていく彼らに、声をあげたのはリリィだった。

他の少女たちも察したように親指を立てる。自然と声は重なる。

「「「「「「――極上です」」」」」」

「当然のことを言うな」とヴィンドが笑った。

◇◇◇

任務が終わった以上、少女たちが龍沖に留まる理由はない。

帰国の船を改めて予約し、残りの日々を楽しみ始める。

彼女たちは拠点を引き払う準備を進めた。荷物をまとめつつ、ついでに任務中はできなかった観光も行う。リリィは月餅や醤《ジャン》など食料品を買い込み、ティアは極東でしか育たない花のオイルを用いた化粧品を買い込み、モニカは写真を撮りに各地を回っている。ジビアはグレーテを引き連れ、現地で仲良くなった子どもたちにお菓子を配りに行った。

任務の引き際《ぎわ》はいつだって騒がしい。

エルナもまた、サラとアネットと一緒にマーケットを回った。

アネットが早速「俺様、面白そうなガラクタを買ってきますっ」と雑踏に消えていったので、すぐサラと二人きりになる。

「サラお姉ちゃんは」エルナはこっそり尋ねた。「エルナの不幸が、自演も混じっていると知っていたの……？」

「ん？　はい、知っていたっすよ」

「……エルナのこと、嫌いにならないの？」

「え、特には？　だって本気で不幸な目に遭っている時もあるっすよね？　ハッキリと区別がつかないので、もうそのまま受け入れているだけというか……」

なんてことのないようにサラは答える。

彼女の指摘は正しかった。

エルナの身に降りかかる不幸が全て自演という訳ではない。

――無意識に惹《ひ》かれる不幸。そこに気づき、意識的に回避できる不幸。本当に偶発的に起こった不幸。エルナが意識的に引き起こす不幸。

それらの区別が曖昧になる程に、エルナの心は乱れてしまっている。

サラはニコニコとした笑顔を崩さない。

「たまにアネット先輩の罠《わな》に自分から突っ込んでいって、自分に泣きついてくる時とか、可愛《かわい》いって思うっすよ。自分に甘えたいんだなって」

「そ、それを指摘されるのは恥ずかしいの……」

「きっと他の先輩方も薄々察しているっすよ。でも大丈夫。自分たちがエルナ先輩を嫌うなんてありえないから」

サラは優しく告げたあと、慌てて付け足すように言った。

「あっ、でもあまり危険なのはダメっすよ。約束してくださいね」

彼女はエルナの手を握ってくれた。

まるで子どもをあやすような態度に、ありがとう、とエルナは呟《つぶや》いた。

遠くでアネットが、エルナたちを大声で呼ぶ声が聞こえてくる。何か珍しいものを見つけたらしい。「うるさいの」とエルナは返事をし、アネットの方へ足を向けた。


クラウスに「出かけないか?」と誘われたのは、龍沖最終日の夜だった。

断る理由もなく、エルナは彼と出掛けた。

彼が案内してくれたのは、龍沖本土にあるナイトマーケットだった。百以上の出店が並び湯気を立てている。魚を用いた香辛料の匂いが充満していて、練り物が並ぶ屋台の前では、自然とお腹《なか》が鳴った。

クラウスは任務とは関係なく、エルナを連れ出してくれたようだ。

彼の誘いで揚げシュウマイを食べて、その後はデザートに、金色に照り輝くエッグタルトを購入してくれた。龍沖の夜を満喫する。

マーケットから少し逸《そ》れると、海が見えてきた。

夜景を眺めるために設けられたベンチに腰をかけ、その明かりを眺める。

「紡績工場での事故。そして、龍沖島での転落事故」

「の?」

「この二つはお前の自作自演だな？」

クラウスが穏やかな声で尋ねてきた。その微細に揺れる声を聴き、エルナは、これを聞きたくて連れ出したんだな、と納得する。

「その通りなの」

素直に認めた。

「エルナはわざと火傷《やけど》を負い、ミッションを失敗させたの」

「理由を尋ねる前に、僕の話をしてもいいか？」

「……の」

「昔、ゲルデという人に教わったことがある。『なんとかなっている』状態が一番危険だと。その通りだと身に染《し》みて思わされたよ。『灯』は任務が失敗続きだったが、僕やモニカがカバーをして、強引に成功させる状態だった。良いとは言えないが、最悪とも言えない。僕は様子見を繰り返し、ズルズルとお前たちに失敗を繰り返させていた」

「…………」

「また、これはグレーテに教えられたことだが、『灯』は良くも悪くも仲間意識が強い。実際、『鳳』

誰かが欠けそうになった時、焦燥に駆られ、飛躍的な成長を見せてくれる。実際、『鳳』とのバトルに備え、これ以上ない緊張感の下、鍛錬ができた」

その二つをまとめるように彼は口にする。

「お前は仲間の危機感を煽るために事故を自作自演した——違うか？」

「……………正解なの」

エルナは小さく頷《うなず》いた。

彼女が紡績工場で抱いたのは、このまま任務の失敗が続けば『灯』の誰かが死んでしまうのではないか、という恐怖だった。

あとはもう無意識に動いていた。

金魚鉢を移動させ、収《しゅう》れん火災を引き起こした。非常ベルが鳴り、焦《あせ》る演技をしたエルナは、バックドラフト現象が引き起こされた部屋に飛び込み、火傷を負った。

「エルナが傷つけば、みんな真剣になってくれるの……」

彼女は考えていた。

——このままではいつか、とんでもない悲劇が起こってしまう、と。

——『灯』の誰かが命を落とすくらいなら、真っ先に自分が負傷すればいい。

「エルナが傷つけば、お姉ちゃんたちは本気で怒ってくれるの……」

とてもカッコ悪い言動だ。しかし、サラから『詐術とは自分自身の鏡』と伝えられた時、受け入れるしかなかった。これが自分の闘い方だと。

――『灯』を守るためだったら、なんだってやる。

自ら炎に飛び込んだっていい。

自ら崖から滑り落ちたっていい。

――あの温かな居場所を守れるなら、いかなる不幸にも身を晒《さら》す。

二度目の転落事故だって、仲間の怒りを煽《あお》って士気をあげるために他ならない。

「つまり、今回のトラブル全てがお前の自作自演か」

クラウスは淡々と口にした。

「紡績工場での失敗の自演に始まり、『鳳』に付け込まれた『灯』はレベルアップを図る。勝負直前にお前は再び怪我《けが》を自演し、一層『鳳』への敵意が煽られる。そして激闘の末、『灯』は成長して『鳳』に認められる。見事なものだ」

「……結果論なの。『鳳』との出会いは予想外なの。本当の不幸なの」

「いいや、僕が言いたいのは、つまり僕が一番悪いということだ」

クラウスは意外な発言をした。

咄嗟《とっさ》に「そ、そんなことないの」と口にするが、彼の態度は変わらない。

「本来、僕が行う責務だった。僕が積極的に動き、お前たちの成長を促していれば、こんなトラブル自体発生しなかった。教師として僕は半人前だな」

クラウスがエルナの頭をそっと撫《な》でる。

「お前たちだけじゃない。僕もまた教師として成長しなくてはならない。そう思うことができた。エルナ、すまなかったよ。二度とこんな真似《まね》をさせない。約束する」

髪を通し、それでも伝わってくる温かみ。

それが何よりも心地よくて、エルナはそっと目を細める。

「……………その通りなの」

「ん」

「エルナは、ダメな子なの。自ら不幸に首を突っ込む、愚かで変な女の子なの」

「そうだな」

「だから、エルナのこと、もっとしっかり見ていてほしいの」

クラウスは、もちろんんだ、と短く答えた。

「問題児一人相手にできなくて、何が教師だ」

エルナはゆっくりと微笑《ほほえ》み、彼の身体《からだ》に頭を預けた。

問題児、と優しく呼ばれた言葉が心地いい。

——エルナは理想のスパイにはなれなかった。

愚かすぎる。逆立ちをしたってヴィンドのような、カッコいいスパイになれるとは思え

ない。エルナにできるのは、とてもカッコ悪い立ち回り方。周囲の同情を惹き、敵を唖然《あぜん》とさせ、自分自身を犠牲にする方法。

成功よりも失敗を、喜劇よりも悲劇を、幸福よりも不幸を愛すること。

それが見出《みいだ》したエルナの詐術《スタイル》――落ちこぼれの自分の闘い方。

（パパ、ママ、お兄ちゃん、お姉ちゃん……こんなわたしを許してくれますか？）

たった一人残された自分が、生きて欲しかった家族を想《おも》う。

――決して胸を張れないけれど、わたしは精一杯生きています。

◇◇◇

理想を諦めた日、少女は考えた。

――自分は『愚人』と名乗ろう。

自分の愚かさはきっと変わらない。壊れて歪《ゆが》んだ心は直らない。それなら最初から他人から避けられる名を名乗った方が楽だ。傷つかなくて済む。

そして、もし受け入れてくれる人たちが現れたら、愛おしく想えばいい。

そこはきっと大切な場所――どこよりも光に満ちる幸運な居場所だから。

NEXT MISSION

その報告書は、龍沖《ロンチョン》での任務から二か月後に届いた。

【フェンド連邦　2974地点無線。コードネーム『月見《つきみ》』より報告。

『飛禽《ひきん》』のヴィンド：死亡
『翔破《しょうは》』のビックス：死亡
『浮雲《うきぐも》』のラン：行方不明
『鼓翼《こよく》』のキュール：死亡
『羽琴《はこと》』のファルマ：死亡
『凱風《がいふう》』のクノー：死亡

チーム『鳳《おおとり》』、任務継続を不可能と判断】

◇◇◇

その女性はフェンド連邦のダンスホールでルンバを踊っていた。

スローテンポなリズムに合わせて、優雅に揺れるドレスが見る者を魅了する。そのダンスフロアでは二十人以上のペアが入り乱れて踊っていたが、フロアでもっとも注目を浴びたのは彼女だった。首がすっと長く伸びるダンサー向けの肢体を、曲線的に麗《うるわ》しく動かしてみせる。それは奇妙な魅力があった。一見、全てをパートナーの男性に委ねて舞っているように見える。しかし見つめていると、その実は逆で、彼女こそが己の魅力でパートナーを操っているように思えてくるのだ。

「今日は、ご機嫌ですね」パートナーの男性が声をかける。

「まぁね」彼女は笑う。「とってもいいことがあったんだ」

「いいこと？」

「うん。ミィに纏《まと》わりつく虫を払えたの」

表情を崩すと、その顔はまるで十代の少女のように見える。

いや、実際彼女はまだ若い少女なのかもしれなかった。

――世界は稀《まれ》に、怪物を世に生み出す。

クラウスという稀代《きだい》のスパイを作ったように、また一人この地に――。


彼女は妖しく口元を緩めた。

「ねぇ、組織を壊す一番簡単な方法って知ってる？」

「……壊す？」男は質問で返した。「物騒な話だね」

「ヒントよ。世界で一番優秀なスパイチームもこれで滅んじゃったもの」

「キミは時々、よく分からない言葉を口にするね」

「気にしないで。女の裏側は覗《のぞ》き込まなくていい」

曲が止まる。

その女性は男性から離れると、朗らかな笑みを見せた。

「答えは仲間の裏切り。伝説のチームも、新進気鋭のチームもこれで滅んじゃうんだ」

男は、不思議そうに瞬《まばた》きをする。

彼は知らない。たまたま社交ダンスを踊る成り行きとなった女性の正体を。

彼女はガルガド帝国のスパイだった。

コードネームは『翠蝶《みどりちょう》』——諜報《ちょうほう》機関『蛇《へび》』の一員だった。

かくして次のスパイゲームが幕を開ける。

『鳳』の訃報はやがてディン共和国に届けられる。動き出すのは、失敗した同胞の任務を引き継ぐ、不可能任務専用の諜報機関『灯《ともしび》』。

舞台は、紅茶と王室と霧の国。フェンド連邦。

待ち受けるのは『蛇』の異才——翠蝶。

彼女は罠《わな》を張る。『蛇』の妨害を繰り返す男を殺すために策謀を張り巡らす。『焔《はむら》』が内部の裏切りによって滅んだように、『灯』もまた裏切りにより滅ぼそうとする。彼女はいずれ『灯』の少女の一人をターゲットに定める。

一度、動き出した世界の歯車は誰にも止められない。

『灯』が挑むのは最悪の難題。

八人の少女の内、『翠蝶』の毒牙《どくが》にかかる一人——『灯』を裏切る少女を見つけ出せ。

あとがき

五巻のあとがきで語る内容ではないですが、四巻執筆時のことを語らせてください。

編集O氏という方がおりました。『スパイ教室《きょうしつ》』の立ち上げに関わった編集さんで、受賞作の大改稿や少女7人分のPV作製など、パッション溢《あふ》れる行動力を武器に、当作品に多大な貢献をした方です。彼がいなければ、今の『スパイ教室』はなかったでしょう。

だが、彼はとある咎《とが》を背負っておりました。

「HPで公開する少女は、エルナ以外の7人にしましょう……（血涙）」↑一巻発売前
そう、エルナをいつ公開するのか問題を一身に抱え込んでいました。

ファンタジア大賞〈大賞〉と銘打たれた当作品は、多くの宣伝施策を打ってもらいました。ただ一巻の内容をどこまで語るか判断が難しく、宣伝に相当悩まれたようです。結果、PV、一巻口絵、HP上の紹介等は、エルナは非公開。彼女以外の7人で作られました。

当時は、エルナの存在は三巻くらいで公開しよう、と呟《つぶや》いていた記憶もありますが——。

「まだ一巻が売れ続けているので、公開しない方がよさそうですね……」↑三巻発売時

また苦渋の決断を強いられていました。公開は更に先延ばしへ。

ちなみに、この間、グッズ展開のアクリルスタンドも少女7人で作られています。とりあえず四巻特装版小冊子をエルナ主人公にすると決めましたが――。

「自分、異動することになりました」←四巻執筆時
「っ⁉」

O氏が『スパイ教室』の担当から外れるハプニングが発生しました。もはやあの子の怨念としか思えない！　恐ろしい！

（実際は、慣例的な人事異動らしく、左遷みたいな悪い話ではないです。ちなみに、エルナの処遇について、私は「エルナだし仕方ないですねー」と笑っていました）

という訳で、新体制で作られた、スパイ教室五巻です。さらば、O氏。

イラストレーターのトマリ先生も引き続きの素晴らしいイラスト、ありがとうございました。表紙ラフを見た時、「とうとう、あの子が！」と感動を覚えました。また、関わった担当編集さん、買っていただいた読者様にも多大な感謝を捧《ささ》げます。

最後に次回予告。「NEXT　MISSION」の通り、難題とぶつかります。過酷な運命を辿《たど》る『彼女』――その心を、とても大切に描ければ、と思います。ではでは。

竹町《たけまち》

お便りはこちらまで

〒一〇二－八一七七
ファンタジア文庫編集部気付
竹町（様）宛
トマリ（様）宛

富士見ファンタジア文庫

スパイ教室《きょうしつ》05

《愚人《ぐじん》》のエルナ

令和３年５月20日　初版発行
令和３年９月20日　再版発行

著者——竹町《たけまち》

発行者——青柳昌行

発　行——株式会社KADOKAWA
〒102-8177
東京都千代田区富士見2-13-3
0570-002-301（ナビダイヤル）

印刷所——株式会社暁印刷

製本所——本間製本株式会社

ISBN978-4-04-073742-3 C0193 ◇◇◇

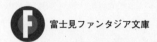

ティナ
四大公爵家のひとつ、ハワード家に生まれた公女殿下。なぜか誰でも扱える程度の魔法すら使うことができない。
変えるはじめましょう
アレン
公爵令嬢ティナの家庭教師を務めることになった青年。魔法の知識・制御にかけては他の追随を許さない圧倒的な実力の持ち主。
発売中!

切り拓け！キミだけの王道
ファンタジア大賞
原稿募集中！
賞金
《大賞》300万円
《金賞》50万円
《銀賞》30万円
選考委員
細音啓「キミと僕の最後の戦場、あるいは世界が始まる聖戦」
橘公司「デート・ア・ライブ」
羊太郎「ロクでなし魔術講師と禁忌教典《アカシックレコード》」
ファンタジア文庫編集長
前期締切 8月末日
後期締切 2月末日
公式サイトはこちら！ https://www.fantasiataisho.com/
イラスト／つなこ、猫鍋蒼、三嶋くろね

code name
夢語

スパイ教室

03

《忘我》のアネット